桜井滋人詩集

Sakurai Shigeto

新・日本現代詩文庫 126

土曜美術社出版販売

新・日本現代詩文庫　126　桜井滋人詩集　目次

詩篇

散文

解説

付録

挿画／金子光晴

詩篇

詩集『女ごころの唄』（一九六四年）全篇

エコの恋うた

エコ　しわくちゃな　エコ
わたしが憎むよりさきに
見えなくなったエコ

エコ　手の中の痛み
孤独な迷路
透明な狂気　エコ

いつもふるえていた闇
かすかに立ち去ってゆくあし音の中に
ガラスの愛

エコ　しわくちゃな　エコ
明るい寂寥
さぶいとあなたはむせんだ
いけないいとあなたはいった

エコ　つべたいウバグルマ
いつまでもころがしているわたし

ヅタヅタのピエロ

忘れていたころに

わたしが忘れていたころに
夕闇の街を歩いているあなたは
みかん色の手で空をかきわけている

何が欲しかったのだろう
だまって別れたあなたは
寒冷の土地について語っていた

わたしが忘れたころに
やさしい侮蔑がひえきった街をゆく
祈ればと
わたしに教えてくれたひとの
言葉のないひとみの中から
冬が来る

かんかんと冴するかなしみが
折り重なる沈黙のひだをかきわけて
遠いところから
重さのない未来をはこんでくる

わたしが忘れているころに
あなたが忘れているころに
ふと
染めわけられた夜の星座を
音たてて流れる
失われた子供たち

雪のうた

（裏磐梯を走る二月の列車の中で）

雪が降っている
わたしの知らない遥かな国に
しろい空を
どこまでもひろがってゆく
女ごころの
さびしい風景に

雪が積ってゆく
後に残したわたしの傷に
しみこんで
しみこんでとけて
わびしい朝《あした》は
主のない扉は音もなく
颪に吹かれて

雪が舞ってくる
見棄てられ　閉ざされた
闇を巻いて
かんころりんと谺する
かなしさを越えて
女ごころの
さびしい国に

手のなかの地図

やまがあり、まちがあり、そしてひとすじのながれさえある。すべてがあり、なにものもない、くもが流れてくる、かげがある、またひとがいる。ひとがいる。

わたしがそこでみた地図は緑の木立にとりかこまれ、ひとつの町をうつし出し、しあわせのように、嬰児の泣き声が流れていた。

ひとつの季節が過ぎると、また、夢のように次の季節が訪れて、心と心とを継《つな》ぎあう、虹のような橋があった。

あるとき、夕立のように、この町をおそったあの出来ごと、人々は、おぼえているだろうか、橋は流され、花は風が吹きちぎる。ふと気づいた人々の目の前に、白々とアスファルトがぬれて輝いているだけだった。

そして地図だけが、その美しかった町の地図だけが、今、わたしの手にある。もつれもつれた心の様、またそのゆく末を、そのよごれた地図の上に…………

目をつむれば

目をつむれば
消えてゆく世界
意味があるとすれば
ふたたび戻らぬものへの執着
さし出し
受けるものは他人
ひとことの言葉もいらない
降れよ
落葉
おまえの苦しみよりは緑なる
おまえの哀しみよりは不毛なる
一行の詩のための愛よ
最後の母音によりそった執念
その失われた
愛の論理よ

悪い種子

いつのまにかこの土地に
まかれる前に風に吹かれて
わたしは悪い種子

目をつむります陽ざしをさけて
しめってにおうカタコトの約束
忘れているとわたしは育つ

あし音のように時は移り
まつげに凍りつく枯葉
わたしは悪い種子
だまって目をつむって
静かにわたしは雨の中
それでも　わたしを叱るひとがいる
谺となって昔の愛がよみがえるとき
くら闇に手さぐりする
口笛のように
あなた
千の時がわたしとともに育ち
閉ざされたウインドの中でみつめるわたし

乾いたペイヴメントの
きれぎれの口舌
愛していると
千年くりかえしたとて
死にたいとお経のように口ずさんだとて
あなた
矢張りわたしは悪い種子
空が重たく遠い日
わたしの振る手はあなたのくちびるにふれて
また　傷つく

冷い血、痛い情
わたしは悪い種子
だから夜が更けるまで死んでいる
なまあたたかい日

乳房のうた

冷たくなってかじかんだみかんを
二つに割ってしぼり出すと
重なって現われて来る二つの空
ひとつは少女の日の
ひとつはわたしの知らない闇の日の空
どこから見ても
蒼さだけがかなしい日には
かじかんだ指先に息を吹きかけて
みかんをむけばいゝ
誰が語りかけなくても
遠い淋しさのうちを
わたしは生きてゆく
あまずっぱい今日に

しおからい昨日をのせて
ころがしてみたくて
ないて、ないて、なきあかした夜の
明けの風のつめたさの
みかんにしみこんだ
わたしの時間をすすりこむ
どんよくな手のひらに重なってくる希《のぞ》みが
汚《よご》れていはしないかと怖れながら
汚《よご》れてゆくわたしをなつかしんでいる
冬の日
あさぼらけのかなしさの女のいとしさの
くれないの恥部にきしりこむ夜の
はじらいのあたゝかさだけ生きいませる
むなしさのかたらいのしわぶきの
今日のくれない

みかんを

ひとつ手にとり
ひとつ掌で遊ばせながら
いつまでも
昨日の風にあわせて歌いつづける
それがわたしのくれないのいのち
乳房のうた

夕陽の街

遥かな風景の中を
夕陽が散ってゆく
わたしは一本のナイフをとり出し
ふと　しまう
ポケットの中で蝕まれたままの声が
わたしに尋ねる
夕陽の泪を知っているかい

棒きれのようなしあわせ
そんなのいや
女は夕陽の街をかえってゆく
わたしの知らない透明な時間の中で
油蟬は鳴きしきり
ひとしきり　夕暮が重たくなる

夢のない遠さの中を
不器用に重なりあって遠のいてゆく
希《のぞ》みたち
見えるものと見えないものとが手を握りあい
ひそかに夜の泪はアレンジされる

どこからどこまで
何から何まで　ほんとなの
いつのまにか道化を忘れたわたしは

むきになって
夕陽の答えを待っていた

ふたたび

また　コスモスの季節
過去が風に吹かれている
白い足
ぶら下がったむかしの祈り

そのとき
ひとつの唄がおこり
だれかが通り過ぎる
わたしの中を
わたしの外を

そこでのぞいているのは誰
見知らぬ人がなつかしい唄をうたっているような
今日の風
風が生きている世界の中で
こころが死ぬ

一瞬
生まれてむなしくなる殺意
ひとりの女が立去ったあとで
世界をみたすクスクス笑い
だれを憎みだれを愛したわけでもないのに
漂白された世界の中で
縄とびの少女は笑いころげる
風
さわやかな風

そしてふたたび

記憶の夕陽の中から
生真面目な泪があふれ出す

失楽

待つゆえに
風は吹くのか
つめたくも　あたたかくもない
そして
わななく掌に残されたものは
灰色の花の原型
純粋に音楽的な愛の化粧だ
夜はどこにでもあり
風はどこからでも吹いてくる

ここはどこ
いまはなに

もう誰もいない遠景の中では
愛することも
愛されることも
おなじ不在への言いわけなのだ
ゆき違ってしまった
夢
その日々の終り
女の描きつづけた
陽のあたる楽園の構図は
いつも影ばかりの街に
吹きたまった
くろい寓話だ

終りのときに

過ぎてゆく一日の記憶に
かさなりかぶさってふるえる
無数の沈黙の中で
目をむき赤い舌を踊らせて笑う
数かぎりないおのれの姿
年々は
めぐって来たひとつひとつの月日は
おたがいが別々の胸の中で
別々の冷たさと情念を
決してまざりあうことのない
やさしい侮蔑でくるんで
ただ向かいあい
こわれた言葉のやさしさのうちに
こわし続けて来たのだと
わたしとあなたは
今も昔も果てしなく続く肉の
くらがりの中で
育てて来た無形の幻影に
別れを告げる

恋びとよ

君

見知らぬ人よ

散るひとつのいのちが
偽りにも咲かねばならぬ
ただそれだけの
透明な倒錯の季節にしのび寄る
黒い時の充実したまやかしの愛撫の手の下で
散り初める

初めからこわれ別れてしまっていた
別々の軌跡

あなたが
わたしの中のあなたと
あなたの中のわたしと
どこまでも伸びてゆく
わたしのでもあなたのでもなかった
時のつながりの道で
ふと　つまづいて交した小さな約束を
わたしとあなたの陰画のまじめさで
語りあえばいいのだ
いつからか凍っていたものを
今　凍ったと気づいたとしても
新しい泪は美しい侮蔑
見てはならないものの中で

見えるはずもないところでだけ
ひとびとの影は寄りそったり離れたりして
失いつづけ
失いつづけて来たその果てに
また
新しい喪失がからみついてゆく

恋びとよ
あなたは誰なのだ
いつまでも問いにならなかった問いの
無音のルフラン
むなしい像《かたち》

左から右から
ひらひらと舞い落ちてくる
無限の挫折のときに
恋びとよ

遠い遠い
しろいしろい
果てしない愚かさの闇の中から
今
わたしにもあなたにも
おなじ言葉が谺となって
ひびき
ひびきあいながら
消えてゆく

あとがき

詩人はたとえその生活がどんなものであろうと、いつも薄い感情の断崖の上をふらふらと歩いているものだ。踏みはずせばすぐそこにある奈落をうすら寒い背に感じながら、目をつむることも引きかえすことも出来ない。

そんな心が、ふと立ち止まり、何気なく見かわした瞳の奥にあったキラメキにいのちを賭けてしまったとしてもそれを愚かと笑うわけにはいくまい。

あるとき私はアネモネを口にくわえ、茫然とたたずんでいるひとつの影を見た。都会のある寒い季節の終る日であった。それから私は腐り初めたのだろうか、死ぬことも出来ない日々を、埃の立ちまじる舗道の上で、居酒屋の饒舌の中で、私は孤独でさえなかった。私にもし虚無というものがあればそれは私が私に語りかける言葉であったろう。私に寄りそい、また立ち去って行った数々の足音の中からいつのまにか私はひとつの音をききわけそれに語りかける術を覚えた。それはまったく個人的なことであった。そしてそれが私の詩であった、と今思う。たとえそれがひどい妄想にしか過ぎなくても、その妄想が私を育て、いつかはそれが世界につながってゆく日を私は信じているのかも知れない。

この詩集のためにわざわざ序文を書いて下さった金子光晴先生、また跋文を寄せてくれた新谷行、竹川弘太郎両兄に厚く御礼申し上げます。

本詩集に集録の詩は一九五八年から一九六〇年にかけて書いたものから選びました。

一九六四年　六月二十四日

桜井滋人

詩集『人情ばなし』（一九六九年）全篇

死んだ男たちの空

死んだ男たちは空に腰かけている。この世には黒んぼも白子もいるが、死んだ男たちの肌はいつもきれいに透き徹っている。

夜、風に追われる雲のあいまから星空がのぞくと、母に捨てられた子や、女にいぢめ殺された男たちが並んで口笛を吹いていることがある。

死んだ男たちは女が嫌いである。それでも老婆が夢を見ていたり、便所の中で女中がうずくまっていたりすると、指を鳴らしたり、溜息をついたりする。

夏がやってきて、寝苦しい夜が来ると、ペニスが汚れるので、死んだ男たちは冷たい雲に腰かけ

て、透明になるまでペニスを磨く。夜、死んだ男たちは子供たちを肩車に乗せて、夢を見ている老婆のところまで降りてくることがある。
　磨いたペニスで老婆の顔をたたき、筋張って汚れた肌をさすってやり、老婆の躰が濡れるまで歌を歌ってやる。
　ヤサシクカワイタカアイイババアヨ
　ヤサシクカワイタカアイイババアヨ
老婆が腰を揺すってうめきはじめると死んだ男たちは冷えた躰を揺すって笑う。ときには涙を流すこともある。
　死んだ男たちはやさしい指先で老婆のオマエの皺をのばしてやり、しなびた乳房をつまみあげ、引っぱってやる。
　老婆は死んだ男たちの空間を泳ぎ、阿弥陀の夢を見て眠る。

死んだ男たちは今日も空に腰かけている。
透明な頭蓋は冷たい陽に向かってふくらみ、肌にしみるやさしい風にあわせて、死んだ男たちは歌う。
……………
ペニスミガイテ
オゼゼヲカゾエ
コドモカツイデオソソニツカエ
オトコイチダイハネテラレナイ
　ヒャラホ、ヒャララホ
イッヒッヒ………。

無象

　ぼくは最も醜い娘と最も美しい娘を抱いている。
そして、ささらほうさらの子供を育て、前世の皺を臍のまわりにきざんだ老婆に抱かれている。

ぼくは最も美しい娘に口づけをし、最も醜い娘
にさよならをいった。

あるとき、あたりまえな娘と最も月並な連れこみ宿で、並んで寝て塩豆を食った。遠い昔のことは忘れたが、

〝おまいの躰には悪い血が流れている〟

と誰かがいったのを覚えている。

ぼくは最も醜い娘に口づけをし、最も美しい娘にさよならをいった。

あるとき、子供の手をひいて尾張町を歩いた。いつのまにか子供のことは忘れ、ぼくはサイトウ君と酒場のとまり木に止まっていた。緑色の杯の底に老婆がうずくまって、ぼくを見ていた。なまずのようなくちひげをはやして老婆はぼくだけに見えるように、そっと、膝を開いて見せた。ぼくはサイトウ君に、〝あんたはとても親切だ〟

といい、手を握って別れた。

口の中で嫌な臭いがしている。老年がすぐそこまで来ているのだ。

ぼくは最も美しい娘を抱き、最も醜い娘を肩車にのせて、夜の街を歩いている。

〝これは夏の風〟

と最も醜い娘がいえば
〝これは秋の風〟

と最も美しい娘が答えた。

ぼくはささらほうさらの子供のためにチョコレートを買い、前世の皺を臍のまわりに刻んだ老婆のためにさざんかの枝を折ってやった。

にんげんは

にんげんは

空に昇ることはできない
たとへ
翼が生えても
息を殺しても
にんげんは
鳥のように飛ぶことはできない
地を掘り
古ぼけた骨をしゃぶりながら
少しずつ
土の上を
移動して行くだけである

虚空

死んだ男は空で眠る
犬の遠吠えで起こされた夜の雲が
縞になって流れて行くとき
死んだ男は目覚めて坐る
天国も地獄も涙も歌もない空の上で
死んだ男は黙って眠る

プリズン・オン・エア

ドアを開けると
細い廊下がある
その先はくらい

コップがあり
土瓶がある
どこかで湯のたぎる音がするが
人かげはない

人形がひとつ
テレビセットの上にのっている
誰もいないのか
V・ロートとラベルのはってある目薬が
テーブルの上にある
それは空だ

くらがりの中に
椅子が一脚あり
よごれた下着が投げ出されている

誰かがいなくなったのだ

だが
ここは廃墟ではない
窓を開けると
九月の夜があり
松の古木にそってふるえる意志がある

誰かが立ち去ったあと
また
ひとりの人間がここにやってくるまで
ここには
姿のない逃亡者が
ひっそりと坐り
みずからの中に書き上げた
牢獄の唄を
きいている

海の音

清浄だといえば
女たちは卵のようにとらえどころがなかった

汚れているといえば
流れる水にも血がにじんでいた
木木はただ枝を震わせていたし
女たちはみんな細い腰をしていた
男は冷たい夢にくるまれて空を見ていた
過ぎ去った時代はいつもあいまいで
くらい空を鳥が飛んでいた
男は指を動かし
足を少し伸ばしてあくびをした
遠いところで海が鳴っている

昼の月

男が牢獄に行く前の日は雨だった。男は女と逢うために、新宿の街角で雨に濡れていた。長い逃亡の終りだった。


雨に濡れて、女は伊勢丹の角を曲って来た。頬の落ちた顔で
〝ツラカッタロナ〟

という。

男はポケットに手を入れたままで女を見つめる。女は冷えた手で男をつかんだ。

濡れそぼち、たどりついた連れこみ宿の湿った畳の上で、女はまるめた千円札を差し出し、

〝アタシ、ハタライテイルカラ………〟

という。

〝元気か〟

ときくと、

〝ゲンキデモナイワ〟

とうなじをたれた。

スカートをめくり、肢にくちびるをつけると、

〝ヤセタダロ、アンタモヤ〟

と笑う。

雨がふぶいて、ガラス窓をたたき、ときどき、隣の部屋から蛙の鳴くようなしのびわらいがきこえる。

〝おれあしたサッへ行くから〟

と男がいうと
〝ニネンヤサンネンスグタツワヨ、アタシ、オミセデゴハンタベレルカラ、ヒトツキ千円モコヅカイアレバダイジョブヤシ……〟

と女はまつげを伏せた。

〝おまえ、おとこは……〟

というと、

〝バカ、アンタノユメミレバヘエキヂャ〟

と女は男の腹の上に肢をのせてきた。

外苑のま昼の路で、女は小石を蹴とばしながら、

〝コレガ人生航路トイウモンヂャガネ〟

と目ばかりの顔で男をにらみ、シャボン玉のような涙を目じりに溜めた。

〝アタシバカデ、ナンニモナイオンナヂャガ、アンタノカラダダケ、ヨウオボエテル、オボエテレバ、ダイジョブヂャ、ナ〟

と男をのぞきこむ。

男は遠くの国のことを考えていた。ガキのころから行きたかった海の向うの暑い国のことを。潮がうねり、巻きかえしてきてはしぶいた。〝牢獄のうすい毛布に乗って、おれは冷たい海の底をくぐり、あの緑のジャングルの国へ行くのだ〟と男は思った。

〝おまえ、いいおとこができたら嫁にゆけ〟

と女にいうと
〝マッタク、ショウガナイボウヤヂャ。アンタハナ、オンナノキモチガワカルマデ、マダ十年ハカカルヂャロ。ソノウチウナギデモ差シイレテヤル

ッチニ〃
と手を伸ばし、男の首っ玉を力いっぱいつかんだ。
オリンピックを終えたばかりの体育館の上にうすらぼんやりと昼の月がかかっていた。

西陽

男は歩いてゆく、ひとりきりで、
枯れ松葉の路である。
女も歩いてゆく、ひとりきりで、
やはり枯れ松葉の路である。
それはむかし、二人が別れきれなくて、死にきれなくて、だまって風に吹かれていた路である。
女は髪をなぶるようにくちにくわえて、濡れたくちびるを差し出す。男は鉄柵のある屋敷のそばに立ち止まり、女のくちびるを見つめる。
〃イミモナク、ダエキガタマッテキテ、ソレデイテ、イッモクチガカワイテイルヨウニオモウノ、ナゼ、ナゼ〃
と女は地面を見つめる。
〃風が吹くからさ〃
もちろん、男の言葉には意味がなくて、おなかの中では
〃ラクハクだ、逃亡だ、ああラクハクだ〃
と愚にもつかないことを考えていたのである。
こがらしの路にカッと西陽が落ちて、女は真紅にそまる。
〃風ヲタベテ、光ヲタベテ、クラセタラ、アタシ、カナカナゼミノヨウニスキトオルカシラ、カラダモナク、ヨクボウモナイオンナニナレルカシラ〃
女はひどく蒼ざめていたのである。

枯れ松葉がヒカヒカと西陽の中に散ってきて、縞のある雲が流れていたのである。

〝冬だな〟

と男は思い、チヂに乱れる、あ、チヂに乱れて、とおどけてみようとするのだが、それは言葉にならなくて、もうそれが三十男のサマではないのを知りながら、鉄柵にもたれて、涙を流していたのである。

雪の日

雨が降ったり、風が吹いたりして、二月になった。

ストーヴの火で頭をほてらせた女は、テーブルの上にあげた足の指を開いたり、つぼめたりして、

〝アタシノユビ、ヘンジャロガ、ホレ〟

というのである。

午後になって雪になった。

男は雪の路を女と連れ立って、ネギを買いに出て、ツリ銭を丹念に数えている女を見ていた。

〝ああ、この女と、この女と……〟

と男は思うのであった。

過ぎ去った昔の歳月が男の中で泡立って流れ、男は通り抜けて来た道の長さに茫然として、あっけらかんと空を眺めていたのである。

雪がチラチラ降っていた。

夜、女はトックリに造花を差して、猫の尾っぽにリボンをつけた。

男は雪を見ながら一升飲んで、目を据えていたのである。

女はシバ漬けの臭いのする腕を男の首に巻きつけて、

〝アタシネェ、アタシネェ〟

と何かいいたげなのである。

〝何でもいいなよ〟

と男はやさしく呟いているのだが、考えることは昔のことばかり、テキサスの野っ原に咲いていたゴールデン・ダッファデル、洲崎の湯屋のペンキ画、腹立ちまぎれに水溜りにぶっこんだタブローの中にいた胴長男のうすら笑い。

ああ、人生は短いのである。

〝生きてるうちはいい気になれよ、な、かあちゃんよ〟

男はうすよごれた指で女の腹をなでるのである。女は膝を伸したり、曲げてみたりして、

〝ネエ、アンタァ、オミズガイイッパイデチャッタワ、ホレ、デチャッタワ〟

と男の指を誘うのであった。

寒くもあったかくもない雪の日である。

卐

「スワスワと空気が揺れているのはこころがやけどをしているからだ」

と女は歯ぶらしを噛んだような声でいう。汗ばんだからだの臭いが夜具の襟元を遍っていて、人参色の朝日がベッドの上に落ちていた。

濡れた肢をシーツに埋めたまま、

「夢の中で知った顔にひとつもあわないのはつらい」

と女は笑う。

男の中にはカランとした空白があって、女の声が聞こえない。目をつむると、抜け毛がからまりあって浮かんでいる水たまりが見える。

垂れさがって皺のある乳房、膝を曲げないでひ

ょっこり歩いて行く幼児、目玉のある雲、風になびくアスパラガスの畑、歯の生えたワギナ……男は次から次へと瞼の裏に浮かんでくる風景を見ていた。

とつぜん、女は寝がえりを打つと、

「あなたには死んだ女がぴったりだ」

と茫然としている男の肩に歯を立てた。

そのとき、男は女がカラシ菜の油いためをつくった夜、ひどい頭痛がしていたのを思い出していた。

風鈴

多恵子がブロバリンを飲んで死んだとき、形見分けにもらったという浴衣を女は着ている。

〝あんたが多恵子と遊んだの、あたし、ほんとは知ってたんだ〟

と女は浴衣の袖口を引っぱっている。

〝そんなこと、どうでもいいだろ〟

というと

〝そら、そうね〟

と女は目をつむった。

男は多恵子の死ぬのも見ていたし、縁の下でジャガイモが白い芽を吹いていたのも知っていた。オタカがおでん屋をはじめるといって、手拭いを置いていったのも去年のことだ。

〝むかしのことでも、昨日のことでもいいから、話して〟

と女はいう。

〝それよりも、おまえの前のおとこのことがききたい〟

というと、

〝ザンコクね、あんたは〟

と女はストケシアの鉢を引き寄せて、花弁をむしった。
ミヤマ湖に遊びに行って、帰りにヤマダ屋の二階でキリギリスの唄をきいたことがある。女も覚えているという。
〃でも、寒い秋で、天井から蠅が落ちて来て、困ったわ〃
毎年、夏になると、昔のことを思い出す。メジナばかりがたくさん釣れた海岸にあるクラブで、ひとりで飲んだマテニはにがかった。
女は笊《ざる》を引き寄せ、
〃そらまめの黒い筋、おかしかろ〃
とひとりで笑っている。
からだのくぼみに鼻づらをおしつけると、
〃からだ、くさいやろ〃
という。
ガードを揺すって電車が通り、窓のひさしに吊るされた風鈴の短冊がヒラヒラと風に泳いでいる。女の送るうちわの風を汗ばんだ肌に受けながら、
〃世の中のことはみんなとりかえしのつかないことばかりだ〃
と男は先刻から考えていたのである。

冬の陽炎

久し振りに街で女に会うと、女はくろぐろとやせていた。
粗朶のような躰に縞の着物が巻きついていて躰が臭うような衰えようであった。
〃元気？〃
それでも目と目があえば、何かを探り出そうとする昔の習性だけは残っていて、片目をつむるこ

とも忘れていないのであった。からみあいもつれたまま、険悪であったむかしがふと女のまぶたに陰《かげ》をつくり、

〝あれな……〟

という。

〝？ ……ん〟

というと女は歯を出して笑い
〝忘れたやろな〟

という。

男もヘラヘラと笑う。それきり仕方のないことであった。

〝いつまでも貧乏で、このまま死んだら化けて出るでぇ〟

女は手袋の端をかんでいる。

〝きたないから止せ〟

〝へえ〟

女は泣きたいのであるらしい。初冬のひえびえとした陽炎が女の肩にある。

ヒモ暮色

まつ毛に墨を塗って、女は空《くう》を見ていた。足袋をはいてトントンとかかとで畳を蹴っている。長い時間をかけて、よごれが目立たないように女は着物を着たのである。

〝これでいいかしら〟

それでも膝のところにできたカバ色の汚点《しみ》はかくせない。

〝ねぇあんた、これでいいかしら〟

男は黙っている。女が憎いのではない。女が酒くさい息を吐きながら帰ってきても、濡れたからだで戻ってきても男はやはり黙っている。

女は出かけて行く。男は窓に肱をついて向うの

路地を歩いてゆく女を見ている。女はすっと、角に消える。

〝風呂にでも行くか〟

とつぶやいても、それだけのことで男はやはり暮れてゆく街を見ている。からだ中がだるいのだ。

首すじに汗がたまり、やがて素肌の胸をすべって行く。

女はもう酔っぱらっているだろう。クラブシシリア、それが女の通って行く店で、入口にはきれえな柳の並木があるという。

遅日

　肌を寄せて
たしかめあうでもなく
目と目でみつめあうでもなく
狭くるしい部屋の中で
ま昼間《ひるま》
だまって酒を飲んだだけで
わかれた
それきり逢わない

こんなに肥《ふと》ってしまっては
もうあんたの前ぢゃあ裸になれないよ
と　こぼれ酒で
　てえぶるの上に女は字を書いていた
もともと水気の少ない女だったが
気どりでも何でもない
そんな言葉に
涙がまざってこないのを
不思議とも見ずに
ガードのところまでだまって歩いて

わかれた
それきり逢わない

おねぇちゃん

ほそい肢　かえるのようなおなか
ごつごつの指
君の肢の間の毛むくぢゃらの水たまり
誰も君を見たことはないのに
誰でもが君を知っているという

いつ　生れたのだ
どこで
何をして食って来たのだ
ネオンで焼けた番衆町のうす暗がりに
いつも君はうずくまっている

ほんとうは誰も真実の君のすがたは見たことは
ないのに
誰でもが君を知っているという
なあ　おねぇちゃん
番衆町は冬だよな

番傘をひろげたような骨だらけの背中で
すねてみせて
〝ねえ、もう五百円だせば、うんとやさしくし
てやるっちに〟
と肢をひらいたりつぼめたりする
ざらざらした女子大学の石の塀に
背をもたせかけて
君は考える
禁玉ばかり見せて立ち去ってゆく
男　男……

知ったかぶりした男の指の先から
強情にめくれ上がったペニスの先から
赤んべえした黄色い月が沈んで行く

誰も君を見たことはないのに
誰でもが君を知っているという
〝ほんとうかい〟とききたいよねぇ
おねぇちゃん
番衆町はもう朝だよな

テルちゃん

風船に赤い布《きれ》をつけて飛ばしたら
ふわふわと夜空に舞い上がっていった
気がつくと柏木のテルちゃんが
赤い目をして笑っていた

夜露にぬれた電柱に背をもたせかけて
〝あたいの魂も飛ばせてよ〟
と鼻水をすする
昨日も今日も、今日も明日も
夜ばかりの街で
〝もし、しあわせがお金で買えるなら
あたい貯金をおろしてもいいよ〟
とテルちゃんは天を見る

二月

冷たい風の街を歩いて
眠けざましにコーヒーを飲んだ
いつの間にか空は晴れて
むらさき色の雲が飛んで行く
街は心のようにかわいて

レモン色の埃が
まつ毛の上にたまってくる
男はビルの石段に腰かけて
裏がえり裏がえり
風に散らされてゆく紙きれを
見ていた

あいびき

雨の日
男と女は駅ビルで逢って
食事をした
男はもう一杯のビールを飲むために
女は新しく泣くために
駅の前で別れた

安息

とんねるを抜けると湖が見えてきた。カバ色の浜とまひるの陽の下でうねっている碧い波。女は帽子を脱いで目を細めた。
旅の日
とりたての桃のように充足している女の傍で男はまるで虫のように食ったり眠ったりした。女は喜ぶと手のひらを扇のように開いて踊った。朝、男はうすい眠りの中で女をたしかめ、檜の林をわたってくる風を吸いこむ。男は疲れていない。
午后、ひとりの黒んぼが男に語りかけた。やがて、真紅の夕陽が湖水を染めて沈んでいった。
夜、男と女は桟橋に寝そべり、浜で歌う若もの
たちの歌を聞いていた。

日々

鳩が飛び立つのを見ていた
雨が窓ガラスを伝わって落ちるのを見ていた
子供が腹をすかしている夢を見た
君がパリの友だちから手紙が来たけれど
住所のスペルが読めないので
といったのは去年の夏のことだった
六月の畳はいやな臭いがする
ホテルのロビーにもカルメ焼のような臭いがあっ
たと君はいう
ぼくは手のひらにたまった汗をなめてみた
涙の味がしたので
棄ててきた子供たちの顔を思い出した

白日夢

ぼくは街角を曲った。
その男はいない。探していたのは赤いポロシャ
ツの男だったのに、ひとえまぶたの青坊主がキョ
トンとぼくを見ていた。
〝ぼうや、どっか行こうか〟
〝ドコイクノ〟
〝どこでもいいさ〟
〝海だ〟
街角を曲ると急に海がひらけた。
というと、
〝コンナノ海ヂャナイヤ、ワラカスナ〟

と坊主はいった。

それでぼくらは引きかえして来た。街角を曲ると、もう坊主はいない。ヘリコプターが明るい空を飛んでいて、気がつくとフネのマダムが立っていた。

サイトウさんが笑っていた。

どうも何かが変だ。

ぼくはもうひとつの街角を曲るはずだったのに、フネのマダムと〝ノラ〟でお茶を飲んでいた。

ひどい頭痛がした。

〝だまって、だまって〟

とマダムが人差指をくちびるに当てている。気がつくとさっきの坊主が立っていた。

〝パパ、カエロウ〟

青坊主に手をひかれて、街角を曲った。

見上げると、しらじらと晴れ上がって、あかるい空にヒラヒラと広告ビラが舞っていた。

人情ばなし

男は女をお手玉や機械のようにはとりあつかわない。〝アイ〟といえば〝ハイ〟と応え、素直に女があぶらののったおなかを差し出してくるとき、男は最高にしあわせだ。

お尻の上に顎をのせ、男は女にいろいろの物語りを聞かせてやる。たとえばキリギリスの飼い方とか義経の八艘飛びだとか話は単純なものほどいい。

ときたま、男は女を連れて映画を見に行く。おなかに力を入れて、ギャングスターのピストルの音をきき外国の俳優のそばかすだらけの笑い顔を見ているのが二人は好きだ。

ときどき、卵や甘栗、ポップコンなどを女に買ってやる。女が喜んで飛びあがると、ワキガの臭いが青空にまで立ちのぼる。そんなとき、空に風船でも浮かんでいれば、男はやさしい声で歌を歌ってやることもできる。

　こうして、二人はしあわせに齢をとって行くだろう。

　女も男も死んだら天国に行くことを疑ったことはない。女はペニスのようにみずみずしい皮膚をもった子供が生れてくることをねがっている。

　この世の中はいいことばかりだ。

路上

　西陽を浴びて、紙きれが路上を舞って行く。今年もしんみり冷えて来た。

　ぼくはながい間アスファルトの上にばかりいて、たくさんの男たちや女たちに逢ったが、もう忘れた。ビルの谷間を歩いていたら、若葉の香りがしたこともある。

〝アタシノアンタヨ、アンタノアタシヨ〟

と歌いながら
〝キリギリスノスダクシンジュクノツレコミヤドデ、スカートノナカニセキヲシタ、コラコラ〟

と歌いながら、今夜こそ、ちゃんとしたつらつきの人間にあわなければ、とぼくは北風の街を歩いてゆく。

　風のプラットフォームに立っていると、鼻の頭の赤い女が寄ってきて、

〝火かして〟

と煙草をくわえた唇をつき出した。煙を空にはきながら
〝もう、何でもいいわ、ほんとにどうでもいいわ〟

という。

〃誰も信じられなくなったのですか〃
というと、
〃ええ〃
と快活に笑った。
ぼくは急に電車に揺られるのが嫌になり、街へ出た。広場にはバスが止まっていて、赤い風呂敷包みをかかえた女が赤い羽織を着てゆく。喫茶店ではオカッパ頭の娘がチキンを食っていて、鉢植えの木には凧がぶら下がっていた。
ぼくは目をつむり、また目をひらく。
誰かが頭の中を走りまわっていて、まぶたが重たい。
昨日上野の山へ行ったら、緑色の噴水が凩の中に吹き散っていた。池の中を犬が泳いでいた。
〃赤いガムが好きよ。シーツの汚斑《しみ》も好きよ。ドゴールさんも大好きぢゃ、だからあたしを縛って〃
と女は兵児帯を差し出した。

そう、やさしく笑って騙しておくれ、三年ぐらいは辛棒しよう。そのうち、おまえの剝製も出来上がるから。

雨になったら、いらっしゃい。鏡を買っといてあげるから。少しはおやすみになったらどう、もう風が冷たい季節よ。屋根の上に猫いるなんてやだわ。部屋を暖めるのにはお金がかかるのよ……バカヨ、アンタワ、バカヨが急にバカヤローになり、女は泣きながら茶碗の糸底を見ていた。

小村にかみさんはどうしたときいたら、子供と一緒にぶっちゃらかして出て来たきりだ、という。

山本君は唐手の稽古に通っている。リンゴを丁寧に磨いて腹巻にしまって帰った奴がいたと八百屋のおやじがいった。ミワのマダムが美人だというので飲みに行ったら、バランスを二錠くれて、東京音頭が流行っていたころ、おとうさんは浮気ばかりが一生懸命で、とおかあさんがいってたわ、という。ちょっと調子が変だった。
オギクボで待ってるわ、と女が電話をかけてきたので山田と酔っぱらって、バナナの食いっこらをした。有村が死んだという手紙を寄こした奴がいるが、有村なんて名はきいたこともない。去年の夏、菅平でひろってきたムギワラ帽子をユキにくれたら、アイシテルワと吐かした。
〃あたしがフラフラしているのはあんたのせえぢゃ〃
と女は風船ガムをふくらましながら、白眼をむいている。白眼ごと兵児帯で、ぐるぐる巻きに縛って、押入れにほうりこんだ。トマトジュースを一ダース買ってきて、冷蔵庫にしまっておいたら、
〃あら、あんしんだわ、ほんとにうれしいわ〃
と猫なで声でいった女だ。
明け方、押入れから、引っぱり出して、女を抱くと、
〃コレ、業苦、マッタク、業苦〃
と、それでもぼくの肌に浮かんだ汗をしゃぶった。
ぼくは目をつむり、また目をひらく。
瞼の裏には昼間の砂埃りがはりついたままでカスカスと眼球をこすり、ぼやけた街並が網膜の裏で、伸びたり、縮んだりしている。女は白眼をむいたまま、眠ってしまっているのである。

散文

金子光晴からの聞き書き『**人非人伝**』より
（大光社　一九七一年）

かすかな詩の源

ぼくらがね、詩を書いてるでしょう。これあ、はっきりいっちまえば、カメラ持ってる人間が写真とるようにね、詩を書く技術《テクニック》を持ってるから詩を書いてるというようなもんなんだ。これに理屈をくっつけても仕様がないんだが、しいて理由を見つければ子供のときのことね、そのころ感じたことや見たこと、いろいろ時代のことはこっちが見ようと思って見たことじゃないが、そういうことが随分影響していると思う。といっても、子供のときの環境が大変詩的であったというんじゃない。逆なんだ。よくは覚えていないが、二階にがらんとした部屋があって、馬鹿でかいテーブルがひとつ置いてあったのを覚えている。今考えると、あれは建築設計図をひくテーブルだと思う。それから兜の絵があったな。うん、大昔のあの鍬形の兜ね。ぼくんとこの親父は清水組の番頭だったもんだから、名古屋支店長をやってたころ、兜ビールの本社事務所を建てたとき記念にもらったもんだといっていたから、そんな昔のもんじゃないんだが、これがひどく陰気くさい代物で、おまけに名古屋の、あの名古屋あたりの家《うち》ってのが、またたまらなく陰気くさい。ふん、今でも陰気くさいですか。

一方にそんな陰気くさい家やお化け部屋みたいのがあるかと思うと、また一方ではひどく明るくて淫らなものがあるというのが、あの名古屋のあたりなんだ。

そのね、化けもの部屋みたいな部屋の窓からね、外を見ると、かあーっと明るい太平洋が見える。あれは熱田港だったかな、そう熱田港でした。ボートでまわると、頭の中まできらきらするような、話は飛躍するけど、世界中のあらゆる光が屈折しているような。それでまた家へ帰ると非常にあの地味くさい、まだ江戸時代の臭いのしみこんでいるような生活がある……。そんなことからね、この家の外へ出れば何かとんでもねえものがありそうだと子供心に感じたわけだ。そういう感じが、無意識のうちにね、詩というものにつながってきたとも考えられる。こじつけかも知れないが。それでね、家にいるときは親父が台湾から土産に買ってきた腹がけ、そう、黄色くて、こうなんか龍の模様なんかついてる奴ね、そいつを着せられて、太鼓を枕に寝てたんだ。うん、そんな時代のね、あの、台湾から持ってきたような空気がパァーっとぼくの頭の中にとびこんできてね、台湾てのは面白そうだ、よその光の方が結構だという気分が強烈だったわけだよ。

音楽なんかもね、今の若い人たちのように、ベートーベンだとかバッハだとかから流行歌までいろいろあるというわけじゃない、だいたいが三味線で、あとはわけのわからねえような歌ばかりだ。ああ、紙腔琴《しこうきん》ていうものがあったな、紙でね。これあ大きな機械なんですよ。回すとね、いろいろな音楽が出てくる。それは譜があってね、一巻一巻になって、こんな大きなもんなんだ。その巻をひらいてみると、ぽつぽつと穴があいている。知ってますか、うん、なかなか情緒のあるものでね、ぼくの頭の中にある音楽というのはそんなもんだ。二十ごろからは常磐津をやったり、西洋音楽も聞いたけれど、ぼくの中にある音楽ってのはあのわけのわからないハイカラな紙腔琴の響きなんだ。

一方ではね、これは佐藤紅緑先生から聞いた話なんだけど、いや、短篇小説だったけな、港町でね、いや港じゃない。電車の中だ、となりに別嬪がいたんだ。それで、からだをおっつけてね、こっちの方の八ツ口から手を入れて、オッパイを触ったんだ。ねえ、そしたらねえ、むこうからも手が入ってたというんだ、もっと前から内緒で触っていた手があったというわけですよ。ああ、毛むくじゃらの水兵が手を突っこんでたという話だった。ぼくの子供のころの名古屋という町も、そういう空気のところだったんですよ。何だか荒っぽいようなね、で、じゃきじゃきしているような、それでいながら、こう淫蕩なね。もちろん、ぼくが名古屋にいたときは子供だから、そういうことはわからなかったんだが、後になってみて、そう感じたんだな。だから紅緑さんの話を聞いたとき、ははあーんってわかっちゃうわけだ。

大人になってからの記憶のように、はっきりそんな情景がよみがえってくる。ぼくらがね、詩なんぞ書く動機はね、そんなごちゃごちゃしたところから出てきてる。他に何にもないですよ。ぼくは天邪鬼で、何でも反対しなければおさまらないというところは子供のころからあったけれど、反対だけでは詩にならないからねえ。

ぼくと詩の仲だちをしたのはねえ、この天邪鬼根性とセックスだね。

これはその後で京都にいたころなんだが、まだ、小学校にも上がらないころね、京都っていう町はね、大変非生産的な町でしょう。おまけにじめじめしていて、しつこいところのある町でね。ここの人間てのは図太いですよ。女の子なんか生れると、金のうんとある奴は別だけど、たいがいの小家の娘は仲居に出すんだ、京都の町を調べてごらんなさい。北野天神から七条の末まで、ほとんどこう京都を横断して、ずうっと女郎屋がありましたよ。そういう町なのよ。そういうね、とにかく憩いの場所ではあるんだ、京都は。大阪の人がね、汗水たらして働いた奴が金をもって来て遊ぶところなんですよ。

大阪の人間てのはがめつくてね、郵便ひとつ、小包みひとつ出すんでもね、郵便局でね、「たのんまっせえ」って調子で、大勢いる人間の頭の上をほん投げる。走りつかいの小僧がね。人をこう追い越し追い抜こうって、しょっ中ばたばたしているところだ。大阪は闘争市場ですよ。うん、こういう大阪じゃなくて、京都に住んだということは、また特殊なこってね。京都にはそういうとこは無いんだ。で、無いかわりに固有なものも何にもない。日本で一番早く路面電車が通ったのは京都なんだが、とにかくのんびりしたもんだった。電車がこう通っていくとね、乗客が、「電車待ってんかあ」ていうんだ。そうするとね、「へえーい」って、チンチン鳴らして、どこででも止まるんだ。で、「ここで降ろしてよ」なんていうと、またどこでも降ろしてくれる。停車場はあって無きがごとしのもんなんだ。悠長なもんでしたよ。

それから、もうひとつ、電車の先走りてえのがあった。電車の前をひょこひょこ走ってきて、線路にお婆さんなんかいると、「はい、お婆さん、危ないよ」なんていってね、ひょいとどかして、またすたすた走っていく。

とにかく、京都というのは妙な町だった。一見のんびりしているが、こと性の問題になるとしぶとい。女の子ができると仲居に出すとさっきいったけれど、仲居に出したり、舞妓に出したりして、いい旦那ができれば出世だというような風潮が濃厚でね、都会ではどこでも、そういうことはあると思うんだけどね、京都は一寸ちがうんだ。

たとえばパリなんかでもね、街娼が大勢いるけれど、あれはみんなパリの娘じゃないんですよ。田舎から出てきたね、パリに憧がれて出てきた奴がやってるんだ。はじめパリに出てきたときは、今はそんなことはないだろうが、靴下の穴かがりか何かやるんだ。若い娘がね。店先に坐って、こんな丸いものをかぶせて、かがっている。

それが始まりでね、だんだんパリに慣れてくるとね、いろいろなことを覚え、結局男にも騙されるということになる、これが一つの転機でね、ごろっと転がって、あとはストリップや娼婦に転がっていくという道すじになる。こういう道すじは今の東京も同じでしょう。

ところが、京都の場合は一寸ちがうんだ。もちろん若狭だとか、江州、四国だとか九州などからやってくる女もあるだろうけれど、それも、ごく小さいときから、売るために買ってくるんだね、これが京都の京都らしいところで、子供のころから「うちは舞妓はんになるんどっせえ」という女の子が町に沢山いるわけなんだ。だから、普通の子も親と同じに、そういうことが当り前だと思っている。みんな早熟なわけですよ。そういうことの結果、近所の米屋の兄妹なんていうのは兄妹でやってるんだ。うん、評判になってね、親子でやるとか兄妹でやるとかいうことは当時、京都ではかなりあったんですよ。ところがね、その後キャバレーみたいなものができたんだが、そこへ行く娘はみんな軽蔑されるんだ。

　親子や兄妹など血つづきでやっていながら、キャバレーへ行く娘を軽蔑するなんて妙な話だと思うけれどこれが事実なんだ。軽蔑する理由は何かというと、そういうところへ行くのは○○だってんだね、○○でなくちゃあキャバレーなんぞへは行けないと思ってるんですよ。実際妙な話なんだ。ま、京都ってのはそんな町だったんだ。それではね、子供の遊びも自然セクシーになるわけですよ。

　ぼくの家は親父が清水組だったもんだから、まわりに建築材料の材木や何かがいっぱいあった。その材木の中で遊びたくて、子供たちが集まってくるんだね。この餓鬼どもの遊びが皆今でいう桃色遊戯なんですよ。

　きたない話だが、前をまくってね、おちんこを出すの。それでね、ムキっと剝いてね、ムキっと剝くといっても、大きい方で小学校の四、五年生だから、大したもんじゃないけれど、

「カス食わんかあ」

っていうわけですよ。

　剝くとね、子供は大抵包茎だから、白っぽいのやちょっと黄色くなったのや小便のカスがいっぱいくっついているわけだ。猛烈な臭いのあるものもあってね、ま、大変非衛生的なもんなんだが、これ、食うんだね。まあ、みんな一度くらい食ってみるわけです。

　女の子で一人、これ食うのが大好きなのがいましたねえ。

「おいしい、おいしい」

なんていって、喜んでなめてる。

　それでまあ、材木の下に入ったり、カンナ屑の中にかくれたりして、いろいろとやってるわけですよ。だから、ぼくら、もう、十二、三のころから厳密な意味でいうと童貞じゃなかったわけだ。だけど、女と男と遊んでいるという感じじゃないんだ。男も女も区別がないような感じのものなんだ。人間そのもの、肉体というものへの興味というか、大変原始的な意味で、なめたりしている。

　そのころ、ぼくはもう男女の交接のありさまは知って

たけれど、実際にはどうも厳密な意味での交接はしなかったような気がする。

知ってたというのはね、家の親父が骨董好きでね、二階の大きな部屋に壺だとか仏像などの大きなものから根付や危《あぶ》な絵《え》のたぐいまでぎっしりあったんだ。あれあ、足も踏んごめないというありさまだったね。東京へ越して来てからは、この骨董の中から、ワイ本を探し出して読むようになるんだけど、まだ、このころは絵の方が専門で、梱《こうり》一杯つまっている巻物やら、つまり男女の秘戯図絵なんだが、これを引っ張り出しちゃあ、見てた。何しろ、本物だから、堂々と描いてありましてね、今でも見たいような代物だったですよ、あれは。

骨董部屋ばかりじゃなくてね、土蔵の中だとか母屋の棚の上だとかにね、また猥本や春画のたぐいがいっぱいあった。家にいたおばさんも見てたんだ。このおばさんてのはよく覚えているけれど、相当の年で、五十かそこらにはなってたと思う。亭主は死んでいないんだが、古めかしいような、なまめかしいような、変な婆さんで、時代を超越したような色気があるんだ。これがときどき、いやに熱心に何か見てる。ありゃ、何だってんで、留守のとき見たら、これが春画なのよ。それが見つかって、母親におこられてね、一時、猥本春画のたぐいはみんなかくされちまったことがあるんだけれど、子供ってものはすばしこいもんですよ。ちゃんとしまってあるところをかぎ出してね、さっとこれをもってきちゃ見るんだ。結局親の方はこれはまた見てるらしいてんで、またどこかへ隠すわけですよ。隠すとね、どこへ隠したんだろうと考えるんだ。大変合理的な筋道をたどってね。隠すとこを探り当てるんだ。うん。で、相変らず、こう見てるのよ。最後は母親もあきれかえったらしい。あきらめたんだよ。隠すのを。ところがね、おばさんの方は、いやーな目つきで、ぼくを見てね、何てマセた餓鬼なんだろ、って目つきでね。その目つきを見ると、何となくゾクっとして、いい気持なもんだった。それで、おばさん、これはすごく面白い遊びなんだねえ、なんていってる。たしか、嫌な餓鬼ですよ。

というわけでね、ぼくは子供のころから、性というのは日常茶飯なことだったんだ。とにかくね、毎日、蕎麦屋のキヨちゃんとか、その他いろいろの女の子がね、

「ちょいと、おそそやってんかあ」

と遊びにくるんだからね。

ところがですよ、この性というものが、いつも目の前にありながら、これがどうもわからねえものでね、もちろん、十二や十三でわかるはずもないんだけど、たとえば、あれあ、本当は傷口みたいなもんじゃないのか、なんて考えてる。痛くないのか、あんなのが口あいててなんてね、それでね、別に悪いことだとは思っていないんだけれども、そういう女の子と何してるときは、暗《くら》ーい罪悪感みたいなものがあってね、その、じめじめした快感があるんだなあ、この感じは今でもはっきり記憶に残ってますよ。それが、物を書いているときなど、ふっと浮かんでくる。書いているときは気がつかなくても、あとで見ると、はっきり出てたりするということがある。話があいまいになっちゃったけれど、もうひとつ、日清戦争から日露戦争にかけての世相からの影響も見逃せない。

あれはね、今度の戦争とはちょっと感じがちがうんだ。京都にいるとき、日露戦争が始まって終ったわけだが、ぼくらの吸って、育った空気は日清戦争の空気なんだ。ちゃんちゃん坊主が下にいてね、あのう、日本人が上から、小便ひっかけてるんだ。するとだね、ちゃんちゃん坊主は、あれ水だってんで、そいつを下で口あいて飲んでるの、そういう漫画があった時代ね。まことに支那人を馬鹿にしたもんなんだが、もう漫画、いやまだ、ポンチ絵ってのは始まらなかったころだけど、要するにありゃ、今でいう漫画なんだが、そんなのばっかりだったんだ。ちゃんちゃん坊主が三人で宴会か何かしてる。その三人を、毛があるでしょう、長い毛が、弁髪がね。で、その先を結んじゃって、脅《おど》かすと、三人は逃げようとして、逃げられない、そういう漫画だね。そういうのがみんな巻物なんだ。

とにかく、非常に単純にね、敵国っていうものを取り

上げて、ソラ憎メ、ソラ憎メ！　ってなもんですよ。人間のモラルっていうものがね、あのう、ひどい意味でイビツになっていた時代ですよ。そういう時代に六つか七つでしょう、何でも、平気になっちゃいますよ。桃色遊戯でもね、最後に何か出るということはすでに知ってるもんだから、やっこらやっこらやってて、最後に小便ひっかけたりするんだけど、別に悪いことやってるという感じはないんだ。女の子の方も「ひゃあー」とか何とかいって、喜んでる。ひどい話だけどねえ。

　それでね、まわりの人間も、江戸に半分生きてて、あと半分は明治に生きているという連中がウロウロいたわけで、元来江戸と明治というのは素直につながるような時代じゃないから、その時代のギャップを無理にくっつけて、それを合理化するためにやったのが日清戦争でしょう。大人たちもどうしたらいいやらわからなかったというのが実情でしょう。今では考えられないような無茶苦茶な大人がいっぱいいいたもんですよ。

　なにしろ世界の競争市場で日本が立身出世するためにはね、どんなことやってもいい、どんな苦労も我慢しなくちゃいかんというムードが日本中をおおっていた時代だから、そうとう悪いことをしてもね、それはまあ、あとで償いをすればいい、そういう考え方だったんだね。時代そのものがね。だからね、あのヒューマニズムだとか、それからポエジーだとかいうもんとはおっそろしく遠いわけですよ。だから、あのころ詩だとかそういうものを始めた人はね、こりゃあ先覚者というか、大変偉い人だと思いますよ、ええ。こっちは時代の悪いところだけ吸いこんで、そのまま、大人になっちゃった。生れつき、そういう素質があったのかも知れないんだがね。ぼくにはね、まっとうな陽の下では見られないようなもの、世間では爪はじきされ追っぱらわれるような性質《たち》のものが大変チャーミングに見えるという傾向があるんだが、それはこんなところに根があるんだねえ。そこで、詩を書き始めてからも長い間、誰からもほめられなかった。どうもあいつはいやらしい奴だ、うさんくさい奴だなんていわれてね、自分でも何で詩なんか書き始めたんだろうと思うと、考えれば考えるほど途方に暮れるってえありさまだから、これあ当然だったと今では思っているがね。

泥棒と恋とキリスト

東京へ出てきたのは四年のときだったかな。泰明小学校へ入った。数寄屋橋の。ところが東京言葉を知らないから、どうも妙な具合なんだ。子供ってのは言葉のちがいってのには非常に敏感でしょう。ああ、あいつは田舎っぺえだ、なんて目で見ている。これがシャクでね。しょうがねえから、標準語使ったの。そうでありますってなことといってね。これは教科書に書いてあるから間違いないと思ってね。ところが、そういう標準語使う変な餓鬼ということになっちゃったんだ。そいでね、非常に劣等感持っちゃったわけですよ。東京の子供は歯切れがよくてねえ、ポンポン何かいうでしょう。それがいえないんだ。こっちはどうしても、それが出ない。何かやっつける方法はないかって考えるんだが、なかなかうまい手がなくてねえ。

そんなこんなでショボンとしているときにね、数寄屋橋の上で女が下腹に大きな錠前を突っこまれて殺されたという事件が起こった。ぼくの家は三十間堀にあったから、これを見にいってねえ、大変ショックを受けた。京都にいるときはさんざんいたずらをして遊んだ部分なんだけれど、錠前を突っこんだということはなかったからねえ。ああすればおなかが開くんだろうかなんて思ったりしてね。

それからまもなくだったな、今度は土左衛門が上がってね、ああ、女ですよ。次は赤ん坊の死骸が上がった。女だか男だか正体不明の青んぶくれなんだが、腹だけはぷうーっとふくらんで白い。白いっていうよりは黄色いっていうのかな、嫌なもんですよ。そして、下腹から、例の切り口じゃないかといったところからね、黄色い管、いや筋といったらいいかなそんなのが流れ出してた。つまり、腸が出てたんですよ。

そういうものを続けざまに見てね、まあ、ひどく厭世的な少年になっちゃったわけだ。うん。だから、ぼくには死ぬってことが非常に実感的なのだ、感覚的にやられたからね。実際にひどい眺めだったんだ。こんなことも、詩を書くようになった原因になっているかも知れないね。東京へ越してきたばかりで、言葉じゃあ馬鹿にされるし、おまけに三つもつづけて死体を見ちゃったんだからね。死体を見るってことは大変なことですよ、ぼくは今でも、子供には死体は見せない方がいいと思っている。ぼくのような人間に育てたくなかったらね。死体が美しいと感じるようになったら、そういう子供はあまりいるとも思えないが、もう、まともな世渡りはできませんよ。オカマかポンビキか詩人にでもなるよりほかはない。話がずれたけど、とにかく、三つも死体を見てね、ぼくは相当にへこたれたんだ。

ま、話は戻るけど、学校へ行ってもうまくいかないでしょう。そこでね、こりゃあ子分をつくってね、つまり、徒党を組んでやらなきゃいかんと思ったわけだ。京都にいたころは桃色遊戯でも兵隊ごっこでも、とにかくぼくはボスだったたから、学校へ行って、チンピラ扱いされるとひどく応《こた》えるわけですよ。

それでね、家からいろいろと持ち出してきて、これと思った奴にくれるわけだ。この手で四、五人子分をつくったですよ。金なんかも母親の財布からくすね出してね、現金を分けてやったり、買食いしたりというわけだ。ところが家の母親というのはよく気のつく女でねえ。これもやがて、バレた。それは十円くすねたときでね、明治の十円というのは大変な金でね、いまの十万円くらいに当るんじゃないか。これで、カメラ、うん、コダックを買ったんですよ。小学生でそんなもの持ってるのはあの時代、いや今でもいないでしょう。これを学校へ行って見せびらかしてね、どうだ、ってわけ。みんなびっくらして、あんまり田舎っぺえ扱いはしなくなった。

先生なんかも重宝がって、あれこれ撮ってね、運動会のときなんかぼくのカメラ首からぶら下げて、張り切ってんの。それでね、しばらくして、運動会の写真を、これお宅のお子さんのカメラで撮ったものです、なんていって、母親に見せたわけですよ。母親は驚いたですよ。そんなもの買ってやった覚えもないしね、ぼくの盗癖も知ってるんだから。こりゃあ、どこかで、盗んできたんじゃあるまいか、てんで、さんざんしぼられて、あげくに土蔵にぶちこまれてしまった。三十間堀の家は江戸時代からあった古い家だから、土蔵の中も、じめじめとして陰気でね、昼間でもお化けか何かが出そうな雰囲気で、さすがのぼくも応えましたよ。しかし、ここんところがぼくの自分でも嫌んなるくらい強情なところで、怖くってしょうがないくせに、何オうってんで頑張った。やがて、日が暮れてね、母親はにぎり飯を持ってきて、白状しなければ今夜は出してやらないというわけ。というわけでね結局、握り飯も食わずに一昼夜頑張って、とうとう白ばっくれちゃったんだけど、母親の方もどうやら自分の財布からかすめたらしいと気がついたらしいんだ。以後、小銭をくすねるのも大仕事になってね、方法をかえたんだ。

勧工場《かんこうば》の万引ですよ。

昔はデパートってもの無かったんだよ。で、勧工場、入口から入って行くとコの字型になっててね、いろいろな店が並んでるんだ。呉服屋もあれば、玩具屋もあるしね、写真屋もあったね。とにかくいろいろな物売ってるの。新橋の今の〝天国《てんくに》〟の前のところ、あそこが勧工場。博覧会とちがって、常設なんだ。ここへ行って物を盗ってくるんだ。

これ、盗品をね、手ごわい奴にやろうと、まあ考えたわけなんだが、その結果えらいことを発見した。

ぼくがね、勧工場へ行って、物盗ってくるということがわかるとね、だんだんみんながぼくを尊敬しはじめたのよ。あいつあ偉い奴だ、勧工場荒らしてくる、あいつにはかなわない、ということになっちゃって、それまで手ごわいと思ってた奴まで、ぼくの子分になっちゃった。悪いことをすると人気が出るってこと知ったわけですよ。

小学校四年でね。これはぼくの人生で大変役に立ってるんだ。

上海でウロウロしていたときもね、それから、香港、東南アジアと流れていって、パリに至るまでの、いわゆる放浪のときもね、お前もロクな奴じゃあないが、こっちは七つの海を股にかけた悪党だぜ、てなムードで出ると何となくおまんまにありつけるという具合でね。上海にね、森と、うん女房とね、行ったときなんか、着いたとたんに一文なしなんだから、その夜から、エロ本書いて、こう、ガリ版で切ってね、変な本こしらえて巾着《きんちゃく》きりみたような港のごろつきに売らしたんだけど、とうとう一ドルもごまかされなかったですよ。そいつが、先生にはかなわねえ、大したお人だ、なんていいやがってね、だからね、ぼくがパリに着く前には「今度、金子という、ひどい悪党がやってくる」なんて噂が流れていたっていうんだ。この噂の張本人はどうやら辻潤《つじじゅん》だったらしいんだが、ぼくはそんなに悪党じゃあないですよ、ねえ。

話がまたそれちゃったが、この勧工場荒らしといっても、一寸した万引きなんだが、仲間がどんどん殖えてね、ぼくはいっぱしの親分になっちゃった。それが牛込の津久土小学校へ移るまで続くんだ。

牛込へ移るとね、あそこではね、子分の中にね、番頭ができちゃったの。ところが番頭の方が悪いんですよ。あっちへいってこい、こっちへいってこいなんてね、子分どもに指図しちゃって、間でサヤとってね、うまい汁吸ってんだ。親分にはほんの一寸しか廻さないでね。

それでね、ぼくは暇だからキリスト教会に通った。銀座の竹川町に教会があってね、小林清親のところへ日本画を習いに通ったのもこのころだったかな。そうだね。うん、そうだ。

泥棒しながら教会へ通うってのも妙な話なんだが、実はこれはわけがあってね。死体をつづけざまに見て厭世的になったということもひとつの理由なんだが、東京に来る前にね、京都で恋愛しちゃったんだよ。小学校四年の子供が恋愛したわけだ、ふん、本当の話ですよ。

近所の人なんだが、ちょいとうらぶれたね、芸人の親子がイモ屋の二階を借りて住んでいたんだ。サツマイモのね、あの焼芋ってあるでしょう。その芸人の子がね、もちろん女の子なの。年はぼくより二ツ下でね、それがすごくきれいな子なんだ。近所で一番きれいなんだ、これ見て、ぼうーっとしちゃったわけです。

　そのころは前に話したように、ひどい桃色遊戯をさかんにやっていたころでしょう。それなのにね、これ嘘みたいな話なんだが、その子、ええ、名前は静江ていうんだ、この静《しー》ちゃんにはどうしてもそういうことができない。できないけれど、二人でいると、大変いい気持なんですよ。それで、川へ行こうなんていっちゃってね、鴨川へ行く。そいで、こう岸に坐ってね、白ばっくれて、川なんか眺めているんだ。

　ああ、そのころの京都の川はみんなきれいだったですよ。ぼくの家は東山にあったから、目の前にこう大変優雅に東山三十六峰が連なっていてね、きれいな鴨川の水かなんか眺めてる。大変ローマン的なムードでしたよ。そのころの年齢なら女の子と手をつないでも何でもないんだが、手もつながなかったね。精神的恋愛と肉体的恋愛の差別だね。

　そんなことをしているうちに、ぼくの方は益々ぼーっとしてきたということなんだけれど、やがて、親父が東京へ転勤になっちゃった。ぼくはまだ、やっと九ツですからね、いくら静ちゃんに参っていたからといって、あとに残ったりするわけにはいかない。東京へ越して来てからも鬱々としちゃってね、毎日、静ちゃんのこと思ってる。三島由紀夫じゃないけど、大変精神主義的になっちゃったんだ。あげくが、錠前をはめられた殺しや赤んぼの死骸でしょう、それがこう続いてきてね、竹川町の教会へということになるんだ。そう静ちゃんは、ええ、あれは聖母マリアだったねえ。教会のね、ええ、あるでしょう、あのマリア像を見てね、大変感動したこと覚えてますよ。何しろ、静ちゃんとは肉体的な関係はなかったんだから、マリアの木像でもね、見てるだけだから似たようなもんだったんだ。大変な愛情を感じるわけですよ、マリア像に。これはまだ京都にいたころの話なんだけれど、静ちゃんに惚れるとね、そのまわりのものにまで、平等に愛情を感じるわけです。焼芋屋の腐ったような二階も素適に見えるし、親父さん、そう何の芸人だったかよく覚えていないいんだが、その芸人の親父さんや飼っている猫にまでに大変愛情を感じるわけなんだ。猫にまで恋愛感情を持っていたんだ。ほんとうですよ。猫からね、あのサナダ虫が出てきてね、大変困ってね、静ちゃんと二人でこう柳の箸でね、つまみ出したりね、いろいろやってるんですよ。猫にもメンスがあること知ってますか、ああ、知ってる。そんな具合だから、ぼくはもう九ツのとき猫にもメンスがあること知ってたんだ。何でも夢中になってやってみるべきですねえ。

絵の方もね、ぼくは静ちゃんに惚れてるから、桃色遊戯をやるかわりに、一生懸命静ちゃんの顔を描くんだ、夢中でねえ。絵を描くことはずっと好きだったんだけれど、このとき、静ちゃんのおかげで大分腕を上げたわけです。そいでね、ぼくんとこの親父が骨董好きだったでしょう。それで、いろいろ骨董屋が出入りしてたんだ。その中に蘭陽てのがいてね、この人が絵が好きで、実に下手なんだけれど、蘭の絵をかくんだ。この人にぼくが描いた静ちゃんの絵を見られてね、まあ、見込まれて、絵の手ほどきを受けたわけですよ。この爺さまの顎ひげは立派だった。絵は下手だったけどね。こう、さあーっと生えそろってて、膝まであるんだ。それで、お客よりえばってる。見たところうちの親父などよりは立派だったです。佐々木茂索の親父もね、骨董屋で家へ来てた。文芸春秋のね。しかし、こっちの方は蘭陽先生よりはみてくれはよくなかった。しょっ中来てたですよ。まあ、いろんなインチキなものを売りつけに来たねえ。この佐々木老人につれられてね、ぼくは小林清親のところへ行ったんですよ。ぼくはとんでもないことばかりしていたけれど絵はうまくてね、家の親父などは、いや、ぼくの絵を見た人はね、みんなぼくが絵かきになると思っていたんだ。これ、本当の話ですよ。

ま、そんなわけで、勧工場荒らしをしたり、教会に行ったり、絵を習ったりしてたんだが、あるとき、勧工場でつかまっちゃったの。こうエプロンみたいのかけた、いや、あれは前かけだったかな、そんな恰好のかみさんが店番していたんだが、これに捕まっちゃった。これが煙管の先で、突っついたり、引っかけたりしてイビるんだ。警察へ突き出すとかね、家へ引き渡すとかいいながら、こっちは家につれてゆかれて、母親に知られると、人情にからんだやりきれない幕になるから、警察の方がよっぽどいいや、なんて思ってる。だから、何といってもね、家の名はいわないんだ。子分も二人ばかり捕まったんだが、これもいわない。それでも、うまく逃げられればこれに越したことないと思うから、三人ともポロポロ空涙を流してね、まあ、ひどくあわれっぽい姿なんだ。

そのありさまを見て、だんだん人が集まってきてねえ、実直な月給とり風な人が、「まあまあ、子供だから勘弁してやってくれ」とかいってね、かみさんを慰めるんだ、それでもかみさんはぼくらが常習犯だってのは知ってるから、なかなか他人のいうことなんか聞くもんじゃないんだ。うん。そのうち警官が来てね、とうとう家に連れてかえられちゃったのよ。その結果、倉の中にいれられて、さんざん母親の泣きごとを聞かされたわけだ。ところが、こっちはお説教は聞きすてだから、母親は、かんかんになる。父親も今度こそはこらしめてやれってんでね、丸一週間も倉の中へ入れられたんだ。これにはさすがに応えましたよ。

どうにかして逃げてやろうと考えているんだが、とても子供の力じゃあ、土蔵を破って逃げるというわけにはいかない。ところが、友だちの方はすぐ勘弁してもらったんだねえ、四、五日たつと、もうやってきて、土蔵の金網ごしにのぞきこむんだ。それで、

「おい、こらあ逃げられるぜ、掛金がかかってるだけだ。錠前なんかありしゃしないよ」なんていうんだ。

こっちはすぐにでも逃げ出したいんだが、それも癪でね、あやまれば勘弁してやるというのに強情張って頑張ってたわけです。ところが、それも一週間が限度でね、ときどき、そっと忍んでくる子分に今夜助けに来い、なんていってね、とうとう八日目の夜に逃げ出しちゃった。

外からだと掛金を持ち上げるだけだから簡単なんですよ、逃げるのはね。

そのまま、行くところがないから鈴木ンところへ行っちゃった。この子分が鈴木っていうんですよ。片親でね、母親は浜町の某家の女中なんだ。だから深夜でないと帰ってこない。母親が帰ってきたときは二人でぐうぐう寝てたわけです。

翌朝になって、ぼくは貰いっ子だから、いじめられるんだ、とかね、嘘八百並べて、この母親というのを騙してね、その日は浅草に行っちゃった。

家出

浅草へ行っても、別にあてがあるわけじゃなかった。おまけに、ぼくは着たきり雀で一文無しだし、鈴木の方は五銭きり持ってない。ぶらぶらしてるうちにだんだん憂鬱になってきちゃってねえ。子供でも銭が無くちゃあ面白くないですよ、都会じゃあ。

そこでね、金つくりに吉原へ行ったんです。というのは、ぼくの親父ってのは道楽者でね、京都では先斗町《ぽんとちょう》に入りびたって、清水組の会計に穴あけちゃってね、東京へ呼び戻されたほどの人物だから、吉原などでも顔なんですよ。ぼくも、親父に連れられて、二、三回来たことがあるんです。仲之町の「品金《しなきん》」てえ引き手茶屋でね。ここに、チー公てえ女中がいまして、これが親父のひいきだったんだ。うん。そいで、鈴木を従えてね、品金へ乗りこんで、チー公を呼んだんです。チー公は何も知らねえから、

「ハイ、坊っちゃん、コンチは何でございます」

なんてね、だもんだから、

「登楼だあ」

って、いった。

チー公、びっくらしましてね、何しろ、そのときぼくら小学校の四年生でしょう。やっと、十《とう》ですよ。いくら、

日露戦争の後でもねえ、十の餓鬼の登楼なんてのはない。

「そりゃあ、豪儀だあ」

なんて、チー公いったがね、黒目が鼻っ柱ンところへ寄っちゃってるの。それから、何やかんやキテレツな問答があってね、

「いくら何でも坊っちゃん、登楼はまだ早すぎます。もっと大きくなってからいらっしゃい。コンチはまあ、これで金魚すくいでもやって、お帰イんなさい」

というようなことになって、懐中から鼻っ紙を出してね、お金をつつんでくれた。してやったりというわけですよ。鈴木を従えて、よたよた大門出て来てね、見返り柳の下で鼻っ紙の包みを開けてみたら、これが二円あった。大金ですよ。そいで、正直に浅草寺に戻ってね、三社様の脇んところで、金魚すくいをやったんです。たしかにね、十の餓鬼には女郎買いよりは金魚すくいの方が面白かった。うん。それでね、夕方まで金魚すくいをやって二円そっくり使っちゃった。

で、金魚すくいをやってるとき、鈴木の友だちの山越《やまごし》てのに会ってね、その日、すぐ親友になった。この山越てえのは選書奨励会とかいう書道の親玉の息子でね、あのころ、ぼくらより年上で中学二年くらいだったんです。

三人とも金魚すくいで、有金はたいちゃって、さて、どうするかてえことになってね、アメリカへ行こう、ってぼくがいい出したんだ。もう家へは帰りたくないと思ってるから、やけくそなんです。それじゃあ、お互いに遺書を書こうてんで、遺書てのもおかしいんだけれど、鈴木が持ってた手帖を破いてね、それぞれ遺書を書いた。アメリカへ行くから御安心下さい、って調子の奴。それで横浜めがけて歩き出したんです。附和雷同という奴だねえ。途中牛込へ寄ってね、これをぼくんちの郵便受へまとめて鈴木が放りこんできた。そのまま、三人とも夜道を歩き出したわけです。品川を抜けるころはもう十時すぎでしたよ。はじめは威勢がよかったんだが、夜が更けるにつれて、くたびれてきてねえ、おまけに妙に悲しくなってきてねえ、実際に涙が出そうなんですよ。世界の果てまで来ちゃったような気持でねえ、後年、ひとり

でマレーだとかスマトラなんてところを歩きまわってね、金もなくてさ、人間になんか二日ぐらい会わなかったことがちょくちょくあったけれど、そのときでさえ、夜の東海道を歩いたときほど悲しくはなかったねえ。みんなもう、くたびれちゃって、口も利けねえんだ。黙って歩いてると、やっぱり、おれは貰いっ子だからなあ、なんて思ってね。実はね京都にいるころは自分は貰いっ子だなんて、知らなかったんだが、東京へ来てから、ぼくを生んだ母親、大鹿りょうてえのがね、牛込の家を訪ねて来たんだ。ぼくはその母親ってえのを見なかったんだが、女中に教えられてね、なるほど、おれは貰いっ子だったんかあ、なんて思った。そのときは別に気にもならなかったんだが、叱られたり、もちろんぼくが悪さをするからなんだが、叱られたりするとね、やっぱりぼくは貰いっ子だから、仕方がねえって思ったりして、ひがむのよ。このときの家出も、そんな気持が腹の底にあって、素直に家へ帰れなかったんだねえ。

　アメリカへは事実行きたかったんだが、家出までして行くほどの気持はなかったと思うんだ。また、母親てのがね、これは金子の母親だが、これがねえ、気分屋でねえ、可愛がるときは猫っ可愛がりに可愛がるんだ。こっちが息もできないくらいの力で抱きしめたりね、顔をなめたり、頭に噛みついたり、それでいてね、気が変ると白ばっくれてね。子供心にも扱いにくい母親だと思ったもんです。今思うとね、あのころ、親父は向島に二号みたいのがいたり、吉原に入りびたりだったりしてたころで、母親の方はノイローゼみたようになってたんだと思うんだ。

　この親父というのはね、前にもちょっといったと思うんだが、馬喰町で十五代続いた庄内屋半兵衛のあととりでね、御一新がなけりゃあ、十六代の庄内屋半兵衛をつぐ予定だった人間なんだ。庄内屋というのは宿屋だけれど格式があってね、苗字帯刀を許されて、えばったもんだったんだそうだ。それを親父の代に食いつぶして、篆刻屋の弟子になって、やがて清水建設に入って、五人番頭の一人にまでなった。なかなかの芸人で、あいそがよくてね、音曲なんかも菅野序遊のおじいさんについてね、一中節を四十何曲上げたという人物なんだ。若いころは蜀山人に傾倒していて、狂歌もつくったらしい。洒落の名人でね、何でも洒落ちゃうんだ。うん、典型的な江戸人ですよ。こんな親父を清水組に入れたのは佐立七次郎という人で、これは親父の母親の兄弟で、帝大の工学寮の第一回卒業生、うん、同期は辰野金吾、隆の親父ね、それと曽根達蔵の三人だけでね、日本建築界の草わけなんだ。

話はそれるが、この佐立っておじいさんは建築は途中で止めちゃって、郵船の株かなんかうんと買いこんでね、一生何もしないで暮らしたという人。ぼくの親父とは気が合うらしくてね、しょっ中家にも来てました。黒い顎ひげが胸までたれててね、関羽のような立派な顔をしたおじいさんでした。四国のね、讃岐藩の家老の家柄でね。この佐立のじいさんの話によると、庄内屋を食いつぶしたのはぼくの親父ではなくてね、親父の母親だっていうんだ。菅野序遊なんかね、このおばあさんに買われて、よく箱根あたりまで出向いてたそうですよ。役者買いもしたようだ。昔の大店のおかみさんはよくそんなことやってたらしいです。金子のおばあさんが特別助平だったわけではないんだ。

家出の話が変なところへ伸びちゃったけれど、まあ、そういうわけでね。ぼくらはもうくたびれるやら、さびしいやらで口もきかないで、歩いてたんだ。金は金魚すくいで、みんな使っちゃったから、三人とももう一銭もないしね。横浜へついたら、外国船へもぐりこんでアメリカまで行こうという計画なんだけれど、これじゃあ、泣きたくもなりますよ。

そんなところへね、荷馬車が来たんだ。鶴見まで歩いてきたときにね。それで、あれへ乗せてもらおうということになってね、荷馬車を引いてきた兄ちゃんに泣きついてね、東京の親類へ遊びに行ったんだが、いじめられたから逃げてきたとか、夕方から何も食ってないからもう死にそうだとか、いかにも同情をひきそうな嘘を並べてねえ、乗せてもらった。ところが、これが東京へ豚を売りにいった車でねえ。荷馬車にはまわりに柵があって、眠っても落ちないようになっているんだけど、臭くてねえ。ヘド吐きそうな臭いなんだ。それでも三人ともくたぶれてたから眠りましたよ。

起こされたところが横浜でね、さて、港へ行こうというわけなんだが、三人とも前の日から何も食ってないでしょう。ふらふらでね。このまま船にもぐりこむんじゃあ威勢が悪すぎるってんで、山越が親類へ行って、小遣いせしめてくるっていうことになった。山越の親類が横浜で左右田《そうだ》銀行ってのやってる左右田という金持ちなんだね。

どういうことをいったのか、山越は金借りてきましたよ。ぼくら、門の外で待ってたんだ。それで飯食ってね、港へ行った。もちろん、本気でアメリカへ行くつもりだった。ところがね、人に聞いて、アメリカ行の船をつきとめるくらいの知恵はあったんだが、いざとなるともぐりこむ隙なんかねえんだ。デッキまでは梯子がかかってるんだがね、そこにはセイラーが頑張ってて、英語でコラコラなんていってね、追っぱわれちゃう。夕方まで港をウロウロしてたんだけど、結局だめで、そんなら横須賀からやろうってんで、横須賀へ行ったんだ。

横須賀にもね、海軍の柔道の先生をしている山越のおやじさんの知合いの磯貝という先生がいてね、その晩はこのうちに泊った。軍艦見に来たとか嘘ついてね。このおじさんてのが、人のいい人でねえ、子供が三人も来たんで、嬉しがっちゃって、軍港を見せたりねえ、海兵団につれてったり、軍艦にまで乗せてくれたりで、あっという間に四、五日たっちゃったの。

そのうちに、横須賀からじゃあとても密航はできないとわかっちゃったんだ。何しろ軍艦ばかりだからねえ。よし、それじゃあ神戸から行こうってんでね、関西まで行くことになったんだけど、今度は汽車賃がありませんよ。で、これも山越の知合いの海軍中尉の嫁さんからせしめようてんで、三人して甘ったれたんだ。ところがこれがうまくいかなくてね。またたく間にまた十日ばかりたっちゃった。こう長くいるとね、さすがに気のいい柔道師範も変に思いだしたんだ。何しろ、五月でしょう。学校が休みであるわけないしね。で、一体どうしたんだっていうわけです。そしたら、山越がね、ぼくのことさして、こいつはママ母だから、家にいてもいじめられてばかりいるんだ。火箸でなぐられたり、水風呂に入れられたり、そりゃあ、見ちゃあいられない、それからこっちは、と鈴木をさしてね、片親だから、そして、母親が男つくって逃げちゃったから、今はみなしごなんだ、あんまり可愛そうな連中だから、ぼくが遊山に連れてきてやったんだとか、読み本で覚えたような嘘八百並べてね、だから、もう少し置いてやってくれなんて、いってるの。だけど、こういう嘘は長つづきしませんよ。今なら東京へ電話でもかけてすぐバレちゃうところだけど、昔は手紙か電報くらいでしょう。それも電報なんかは相当な事件でもなけりゃ打たなかった時代だから、それでも、しばらくはもった。まさか家出してきてると思わないからね。ま、次の日曜まで、師範は横須賀を離れられないといったところだったんでしょうが。それでね、とうとうおれが連れてってやるから東京へ帰んなさいということになってね。ぼくら慌ててね、いや、それには及びませんと汽車賃もらってね、弁当までつくってもらって帰ってきたんだ。丸二十日ぐらい家出してたわけです。

そんなわけでね、東京へ帰ってきたんだけど、やっぱりぼくは家へ帰る気がないんだ。それで、鈴木の家へ行ったの。その晩。鈴木の母親はね、その夜も浜町へ行って、留守だったもんだから、二人して近所の雁の湯って銭湯へ行ったんだ。天井に陶器の雁のとんでる湯でね、その雁を見てたら、雁は帰る巣があるけれど、ぼくにはないんだなんて、ひどく感傷的になっちゃって、いやあな気分でしたよ。貰いっ子てのはつらいなあ、なんて泣きたくなってね。鈴木の家へ戻っても落ちつかないんだ。そのうち、鈴木の母親が帰ってきて、鈴木をひっかかえて、泣くという幕があってね。

実はね、うちの親父が心配して警察へ届けて、ぼくらのことはとっくの昔に新聞に出てたんですよ。このとき、親父が横浜だとか神戸だとかの港へ打った電報がね、名文だったもんで、その文句まで新聞に出てね、大騒ぎだったんですよ。ぼくらがアメリカへ行くって書き置きしてったもんだから、親父は港へ電報を打ったんですよ。

この電報の文句、ぼくも覚えてたんだが、もう思い出せない。あの種田少将ってのがいたでしょう。これが殺されたとき、妾の何とかというのが打った電報があるでしょう。〝旦那はいけない、私は手傷〟っての。当時有名だったのね。あんな風なもんだったんですよ。自分の親父の打った電報の文句は忘れてて、種田少将の妾が打った電報の文句は覚えてるってんだから、ぼくはやっぱり人非人なんだねえ。

で、まあ、家に帰ったんだ。親父が鈴木の家へ迎えに来てね、ぼくは大変叱られると思ってね、ひどくショボンとしてたんだ。ところがね、親父も母親も何ともいわないの。これがまた応えてねえ。三千世界に身のおき場もないって感じね、じめっとして、さびしい感じなんだ。

こういう感じ、ぼくの一生を通じて何度もあるんだけどね、しみじみ感じたのはこのときが最初だった。次は親父が死んでね、親類が血のつながらない人間に財産を全部やることはないと三百代言まで雇って文句つけてきたとき。ヨーロッパの放浪から帰ってきたときもそうだった。やっと、日本に帰ってきて、新宿の竹田屋に一部屋借りたんだが、長い間、日本を留守にしてるうちに世の中はすっかり変っていてね、ぼくは浦島太郎そっくりだった。浦島さんほどいい思いをしてきたわけじゃないのにね。

死霊の眷族

中学に入ったのは明治四十年だよ。十二歳だった。十二というと思春期だね、ぼくが思春期なんていうのもちょいと妙なもんだけど、まあね、思春期だったというせいもあるんだろうが、あの時代には今とちがって、時代のにおいがあったね。うん。仁丹はまだあまり流行《はや》ってなくてね、ゼムってえのがあった。それから、女が顔に塗るホウカ液というのがあったんだ。玉の肌ってのもあった。みんななかなかの匂いの強烈なものでね、今は鼻が悪くなって、ウンコも香水も区別はつかないけど、こういうものの匂いはようく覚えてるね。ぼくも愛用してね、いつもそういう女の化粧水の匂いをプンプンさせてたんだ。今、鼻がまだ良ければホウカ液なんか嗅げば、昔のこと、ようく思い出してみせるんだが、誠に残念だねえ。

　そういうものをつけてね、九段の招魂社、今の靖国神社のあたりや浅草かいわいを、ウロウロしてたんだ。招魂社のまわりにはインチキ見せ物がずらっと出ててね、ロクロッ首だとかね、八貫目の大金玉なんてのがあってね、妙に興奮したもんですよ。大金玉てえのは一種の象皮病なんだろうか、両手でかかえても余るくらいのもので、こいつはグロでしたよ。そういう見世物の間でね、改良剣舞や、仁田んの四郎なんぞの歴史もんの見せ物が極彩色の絵看板をかけてね、ジンタを流してる。ジンタの曲ってえのはね、みんな、あの〝空に囀《さえず》る鳥の声〟という歌の曲なんだ。この曲で、いろんな語りをやっちまう。こういうところをウロウロしてるとねえ、まあ、東京中の不良と顔見知りになっちまうんだ。

　何しろ、こっちは中学生のホヤホヤのくせに縞の着物に角帯なんてなりで、ぞろーっとしてるもんだから、おまけにホウカ液や玉の肌をプンプンさせてるもんだから、嫌でも目につく。

　この不良少年も硬派と軟派があってね、ぼくらの中学二年ぐらいまでの間はそれぞれグループをつくって対立してたもんでね、名前は忘れちゃったけれど、双方に親分みたいのがいて、ほとんど東京を支配してた。ところが、ぼくはこのどっちの派にも友だちがいるんだねえ。おう、おうてなもんでね、小学生のときの子分もこれらの不良に成長してましてね。不良少年だけでなく本物の泥棒の友だちも三人いた。これらの連中はしょっ中、牢屋に入ってんの。そりゃあ、みじめな生活してんだよ。出てくると九段から神楽坂かいわいを縄の帯結んでうろついているんだ。

　ひょっこり出会うとね、「へっ、すんません、二十銭ばかり貸してくれ」てんだ。どうするんだっていうとね、「今夜、泊るところねえの」ってね、いつもいうことはきまってんだ。しょうがねえからね、それじゃあ家へ来て泊れ、ってことになってね、二、三日はいるんですよ。

　ぼくはそのころ離れにいたから、そこへ泊めるんだけれど、どうしても家の者が気がつきますよ。風体も尋常じゃあないし、顔つきだって、とても中学生には見えないからね。

「あれ、なあに?」

　なんて母親が聞くものだから、

「泥棒だ」

　っていったら、母親は茫然としちゃってね。おかしかったですよ、あんときは。ああいう時代でも本職の泥棒と交際のある中学生というのはあまりいなかったからねえ。詐欺だとか、かっぱらいだとかいうのなら、こりゃあ、いくらでもいた。こう狙ってね、靴でも何でもひょいと持っていく。鉄道のね、あの、鉄道便で、小包ってのがあるでしょう。あの小包を抜くのもいたねえ、そいつは鉄道に勤めていたんだが、自分の職場で抜いてくるんだ。

　ぼくをねえ、本職の博打うちに紹介したのは小山鉄之輔なんだ。これあ暁星の同級生で今でもときどき会うんだが、あれもおかしな男だねえ。ぼくと小山のつきあい始めは、彼がね、その鉄道員の泥棒、小包抜きのねえ、その男の抜いた小包をたたいて買って、ぼくのところへ売りに来たんだ。まだ、元のまま包んであってねえ、何のそれがし行きなんて、ちゃんと書いてあるんだよ。こりゃあ、ぼくも驚いてねえ、中味は何だっていったら、知らねえ、ってのさ。そういう奴なんだよ、あの小山というのは、それから、その荷抜き専門の鉄道員とも友だちになったわけだが、この半泥棒の鉄道員は純粋な奴でねえ。何で小包を抜くんだってったらね、その抜くときね、えもいわれぬ、いい気持になるっていうんだ。決して銭金《ぜにかね》の問題じゃないとね。この、かっぱらうときのゾクゾクっとした気持はぼくの方にも覚えがあるんで、よおくわかるんだ。これ、セックスの感覚と非常に似てるんですよ。さっと抜くというのはね、罪の感覚ていうのが、非常に刺激が強い、根に性的な喜びと同質のものがあるんだ。原始的なセックス感覚というようなものね、ぼくらの子供のころの、ごく小っちゃいときのね、桃色遊戯なぞは、そっくり、この盗みの感覚と同じもんですよ。だからね、大人の泥棒でもね、こういう感覚を残している泥棒ってのは純粋だと思うんだ。うん。

あれも中学のときだった。

ぼくの家の二階にはエロ画がいっぱいあったでしょう。それを見にね、友だちがしょっ中やってくるんだ。ぼくは彼らが目をギラギラさしてね、興奮するのが面白くてねえ、わざと秘密めかしてね、ささやき声でね、友だちの劣情をあおるんだ。うん、ぼくはそういう芝居はうまいんだ。で、みんなはじめは見るだけで満足してたんだが、だんだん欲が出てね、本物が見たいっていい出してねえ、どうにかなんないかってえことになったんだ。これがもう二ツ三ツ上級なら、吉原とか千束町だとかへいくって手もあるんだが、何しろ、中学の一年生じゃあね、みんなそこまでの勇気は出ないの。うん。そん中にね、篠原ってえのがいてね、これは家は下駄屋だったんだが、十六、七の姉さんがいたの。とにかくまあ大人に近い年でねえ、目がきょろきょろっとした色っぽい女だったんだ。でね、これに目えつけてね、篠原に、おまえところの姉さんはもう大人だから生えてるだろう、でけえだろうって、いったの。そしたら、篠原の奴はね、うん、大したもんだって、えばってね、これこれこうなってるなんて説明するんだ。だからね、そいつをみんなで見ようじゃあないかてえことになったの。篠原おめえ連れて来いっていったんだ。こういう成り行きになっちゃってね、実際は篠原も途方にくれたと思うんだが、そこが餓鬼の見栄でね、普段でかいことといって、えばってるもんだから、そういうことはできないっていえなくなっちゃったんだ。で、連れてくることは連れてくるが、一体どうやってやるんだってえの。暴力を振るえば暴れるから駄目だてえの。何いってやんだって、いってね、おまえ弟なんだから、よく頼んで見せてくれるように説得しろっていったんだ。それでね、じゃあ説得してみるてえことになったんだ。場所は家の離れでね、そうっとやるってえことになったの。うん、母屋からは離れてるから、子供の四、五人くらいは裏からそうっと入ってくればわからねえようになってんだ。この新小川町の家てえのは元旗本の家でね、古ぼけてはいたんだが、大きかったからねえ。

ところがね、三日たっても四日たっても篠原の奴は連れてこないの、姉さんを。ぼくはだいたいそんなことだろうと思ってたから、みんなのいるところでね、おまえはいくじのない奴だっていったの。口ばかりで、大したことあできない奴だってね。できそうにもない嘘はいうなって。みんなもう見たい一心だから、口々に何かいってね、篠原はもう引っこみがつかなくなっちゃったんだ。

そいでまあ、芝居をやるんだが、娘役がいないから来てくれという話をこしらえてね、用意万端ととのえて、この姉さんを呼ぶことになったんだ。クロロフォルムを嗅がせてね、眠ってるうちに見ちまおうてえことになったの。篠原は見るだけで、絶対やらないって約束しろっていってね、くどくいってねえ、それで、連れてきたよ。うん、芝居はお軽勘平《かるかんぺい》でね、この姉さんはお軽をやるつもりでやってきたんだ、ぼくん家《ち》の離れへ。一応、本はガリ版で切ってね、用意してあったから、まず読み合せなんかしてねえ、相手の警戒心を殺しておいてさ、くたびれたころを見計らってね、これ頭がはっきりする薬だっていって、クロロフォルム嗅がしたんだ。昔の娘は科学的な知識はないからねえ、これをぐうーっと嗅いじゃって眠っちゃったの。そうしたら、みんなの顔が一度に蒼ざめてね、好奇心で緊張しちまってさ、口唇がぴくぴく痙攣してる奴もいるんだ。みんなで五人なんだ。この中にはねえ、今は有名になってる人間もいるからねえ、名前はいえないんだが、その一人がね、ぶるぶる震える手でね、めくったの。うん、そしたら、篠原の奴、さすがに気がとがめたのか、「見るだけだぞ、いいかあ」ってね、廊下の暗い方へいっちゃった。みんなで、よく見たんだ。あれは刺激が強かったねえ、それでもやる奴はいなかった。不良少年といっても、まだ十二かそこらだからねえ。ぼくはね、そんなことは京都にいたころ、しょっ中やってたから、向うの女の子は薬なんか嗅がさなくても見せたから、そんなに見たくはなかったんだけど、やっぱりいざとなると大層興奮してねえ。やっぱりあれは盗人心理と同じなんだな。でね、その後が傑作でね、裾の方を元のようになおすとね、みんなクロロフォルムを少しずつ嗅いでね、眠ったふりして彼女のまわりにぶったおれてたの。だからね、彼女が目が覚めてから、みんなを起すてえことになったんだ。みんなキョトンとした恰好で、今、目が覚めたてえ顔でねえ、まあ、うまく彼女を騙した。ところがこの姉さんがねえ、その後いやにぼくになれなれしくするんだ。あの娘は本当は眠ったふりをしてただけだったのか、みんな知ってたのか、なんて思ったりしてね、ぼくは一寸気味が悪かった。

（後略）

＊この本には差別語が出てくるが、現在の風潮にあわせてはずしました。

金子光晴からの聞き書き『衆妙の門』より
（講談社　一九七四年）

罐詰抒情

いろんな女《の》がいたね、むかしゃあ、うん、パリの話は、もうこの辺で止めましょう。何しろ、もう話もないからね。年が明けると、とうとうぼくはパリではにっちもさっちもいかなくなっちゃって、ベルギーに逃げ出したの。うん、ブリュッセルに最初のヨーロッパ行きのとき、世話んなったルパージュてえ人がいたから、この人を頼っていって、ここで絵を描いて売ってもらったりして、国へ帰る旅費をつくったの。本当はパリなんてえところはもう思い出すのも癪なところなんだ。それで女の話はてえと、もうみんなこの年になっても差し障りのあるのばっかりだから、ああ、下手をするとまだ生きてる奴の話も出てくるからね、こないだ、例のれの字から使いがきて、れ《い》の字のこと書いたら絶対に告訴するなんて嚇してきやがった。クワバラ、クワバラですよ、うん、だから、止めようよ、もう、今夜は小便でもひって寝ちまうか……昨日は尾崎（喜八）の奴が死んじまやがったし、気分が悪いよ。おれにもそろそろお迎えが来やがるかも知れねえ……死んだら、人間てえのは一体どこへ行くんだろう……これは死んだ奴に聞いてみるほか手はねえが、死んだ奴は死んだ奴だから、どうしようもないね、うん。このごろはよく夢を見る。昨日なんかは一晩中夢を見ていたよ。尾崎が高井戸の畑ん中へ土地を買ったころで、ここで田園的生活をするんだなんていってたな。夢にはいろいろな奴が、何の脈絡もなくよく出てくるね、どういうわけか百田（宗治）の細君と仲見世を歩いていたり、貞丈と一晩中花を引いていたり、不思議と夢に出てくるのはみんな死んだ奴らばかりだ。ああ、ゆうべは勝っちゃん（牧野勝彦・後改め、吉晴）もいたな、弟の卓もいた、ハチローもいた……気づいてみたら、みんなで雷門の前のオリエントにいて、お寺さんが金主《きんしゅ》んなって出す雑誌の話をしているの。みんな稿料の入る雑誌に原稿書くんでね、前祝いをやってるわけですよ。うん、このオリエントてえのは当時浅草一番のカフェでね、美人ばっかりを三十人ほども揃えていたの。お栄とかお浪なんて一種の名物女もいてね、日暮れともなると、月給取りから学生、ときには芸人や文士などまで顔出すてえ次第。お栄なんて名物女とは、口利いたこともなかったけどね、夢ん中じゃあ、やさしくてね。

「これから、吉原《なか》ですか、金子さん」

なんていやがって、いい気持だったね、うん。

そうだ、貞丈のカミさんの話をしよう。ひとのカミさんの話で、まことに申し訳ないが、あれはお女郎《じょろ》の鑑《かがみ》、貞女の鑑《かがみ》てえ奴でね、貞丈の死ぬときには、おれもひどい貧乏で、本当に何もしてやれなかったから、そのかわりといっちゃあ何だが、まあ、供養くらいにはなるだろう。

貞丈といっても、こやつは伊勢の貞丈や昇竜斎貞丈のことじゃない。小日向水道町の三等郵便局長のあととりで、宮島貞丈てえんです。

ぼくんところへ最初にやってきたのは、あれはまだ赤城元町の自動車部屋にいたころだから、震災前だな。『日本詩人』が創刊されるてんで百田宗治が大阪から出てきたころ、うん、大正の十年ごろのことだ。ハチローがつれてきたんです。

ハチローも異様な奴だったが、この貞丈てえのも変な奴でねえ、面《つら》からして並じゃあない。まっ四角な駒下駄みていな盤台面《ばんだいづら》、でっかい顔なのよ。色も黒くてね、これが、

「おはつにお目にかかります。わっちもハッちゃんのお友だちで、ハイ、宮島と申します。以後ご昵懇《じっこん》に願います」

てってね、自動車部屋の入口にかしこまったときにゃあ、さすがのおれもちょいとショックだったね。ハチ公は、

「こやつも詩を勉強したいといってやがるんでガンス」

なんて、紹介したんだが、どっから見ても詩を書くてえような面じゃあなかった。しかし、挙措《きょそ》動作に一種の風格があってね、けしてゲスじゃあないんだ。まだ年齢《とし》は十七、八だったんだが、妙に落ちつきのある奴で、その日は、ハチ公だけがペラペラとひとりで喋って、ハイ、それではと帰っちまってね、うん、この盤台みたような男は、ほとんど何も喋らなかった。

ところがですよ、この人物は、あくる日はもうおれの寝ているうちにやってきた。といっても、あのころは毎日おれ昼すぎまでは寝ていたんだから、別に何てえことはないんだが……この昨日は下駄みていに黙ってた少年が、また、まあ、よく喋りやがったね。おまけにね、そのお喋りの内容てえのが尋常じゃあない。

ゆうべは、とにかく、ああたにお会いしたせいかどうも変に興奮して寝つかれず、ハイ、何となく二つばかり掻きました……とのっけからマスの話で、皮は伸ばしておくよりは巻いておいた方がよろしいようで……てえから、何のことだてえと、これのことですとマラ出して、こうこうこういう具合にと妙な手つきで始めたもんだから、おれももう本当に閉口して、それには及ばないと止めたんだが、うん、そういう具体的な話は別にしてもだ、あれはどういう質の才能なんだか知らないが、ペラペラと止めどなく喋ることがですよ、これがみな話になってるんです。ああいうのを話術の天才てえんだろうか。しかし、それが全部ケンカとナニの話、うん、おまんこ話だてんですから、並じゃあない。それもね、年齢《とし》はまだ若いくせしやがって、実にもう微に入り細をうがった堂々たるおまんこ話なんだ。あれにゃあきれたね、本当に。

ところで、この話をあとでハチ公にしたら、ナニ、あいつはまだ童貞ですよ、ケンカはいくらか強いが、てんだ。ハチ公てえのは悪《わる》だったが、正直な男だからね、こういうことは嘘はいわないの。うん、このころもまだハチローは、しょっちゅうケンカはやってたらしい。ああ、そこに、ちょいと古ぼけた雑誌あるだろ、うん、それ、ちょいと取ってちょうだい（ペラペラと頁をめくる）。ああ、あった、これだ。「不良少年雑記」――これハチローの書いたもんだがね、ちょいと、読んでみようか、うん（以下、読む、引用、原文のまま）。

……場所は観音さまの裏の三社さまの裏で、もっとくわしくいえば、市川団十郎が、八ッ手のなかで、腰をひねっている横のそばや万盛庵の又横である。（中略）一人は飛白の着物にお定りの黒セルのハカマ。一人は角帯をしめた草履ばきの男、両方ともこの頃銀座を歩いているモモヒキをあべこべにしたようなズボンをはいているあんな野郎たちとはちがうもう少し満足なしろ物。

「で、おめえ、今夜はどうする」

「どうするって、売られたものは買わあね」

「おれも止めやしねえけど」

「心配しなさんなっていうことよ」

「でも、ここじゃあやるなよ」

「どじはふまねえ、やるとこあ、おきまり花川戸」

「聖天《しょうでん》山か」

「あすこまでサーベルの音をさせるには、おまわりさんの数が足りねえ」……


ね、こういうことを、ハチ公と貞丈は、しょっちゅうやってたらしいんだ。

　これはハチローの「会話」という作だが、これは、実話にちがいない。何しろ、こんな風な話ばっかりしてたからねえ、あのころは。天下のケンカ師アレキサンドル・サトフスキイ・ハチコフなんていったこともある。ええ、ハチローがですよ。ああ、ここにある……自分で書いていやがるよ。ちょいと読んでみようか……（読む）。

……このアレキサンドルなにがしというロシア公爵のような名の男は、日本人である。そして不良少年であった。

　赤い海老茶色のジャケツを着込んで長靴をはいたり、荒い弁慶縞のワイシャツに紫の雲模様の蝶ネクタイそれにヘルメットというアメリカの田舎まわりの曲馬団の団長のような形で街を歩いたり、ゆかたがけで腰に煙草入れ、その煙管《きせる》筒の中が短刀になっているのをさげて浅草の屋台店にいたり、それでいて子供の歌を作ろうという太い男です。

浅草のことは観音さまの本堂の源三位頼政の絵馬の髭の数まで知っていようという男です。

　さて、くわしくいうならば、アレキサンドルはクリスチャンネームとして、サトフスキイはサトウののびたの、ハチコフはハチローの変形。おわかりですか。かくいうそれがし日本一の文党の党人、詩人協会の猛者、遊び人派の機関雑誌昼眉草の親玉。そうして二人の娘のパパで四人の弟と二人の妹の兄で、浅草に縁のあるオペラのコーラス・ガール吉村久美子の亭主です。

　不良少年のことはいつでもお聞き下さい。そうして、よろしくお引立お願い申します。浅草公園裏宮戸座前、ふじやにて……

　どう？　ハチローてえのはこういう人物なんですよ。うん、死んじまってからいうのも何だが、あれは普通の人間じゃなかったですね。異様な才能のあった男ですよ、ええ、若いころから、いい奴だった。話はそれたが、貞丈も詩は書いてたの。しかし、こっちは残っていないのが残念だね。いいのもあったんだ、うん、詩のほかにもね、貞丈にはまた妙な才能があったんですよ。才能てえよりか、芸か、あれは。この話はちょいとどこかに書いておいたような気もするが、百面相ね、うん、さすがのおれも、これを最初に見せられたときは驚いた。

　百面相てえのは、何も、貞丈の独創じゃあないが、うん、当時も高座でこれをやってるのはいたの。春風亭鶴枝てえのと横目家助平てえのがいて、鶴枝は生き人形のまねをいろいろやって、最後に乃木大将になってお子供衆を喜ばすてえ奴、助平の方はね、これはキンタマみていなワイセツな顔した爺さまだったが、一人二役のセリフのやりとりをして、

「油でかためた高髷《まげ》よりもつぶし島田に結いたいねがい」

なんて、変なしなつくっていやがったりして、これはこれで珍妙な奴だったが、貞丈のはね、そんなありふれたもんじゃあないの。ちゃんと彼自身の顔を素材にして研究した奴なんですよ、ええ、何しろ、あの顔は今考えてみても百面相の素材にゃあぴったりだったからね、出来上がったものも飛びきりなんだ。

四角い盤台面がですね、あれはどういう仕掛でああなるのか、上に張られた皮膚だけが、まるで孫悟空の如意棒みていに、伸縮自在で、上に引っ張れば、眉と目は額の方へ、口は引き結ぶと両顎の端まで伸びるし、ポンとおでこをたたくと、顔の造作がパラッと離ればなれになり、縮めれば、大きな顔の真中に、目鼻口がひとつに集まって独面異相に相成るてえ次第。

こういう面を、まあ自在に駆使してね、伸ばせば左団次となり、縮めれば沢正、耳をつまめば羽左衛門、栗島すみ子から、五月信子まで、声色まで使い分けるんですから、こりゃあ、もう大変なもんです。

その後、ぼくが旅に出たあと、吉井勇と正岡容がこの芸を見て、びっくりして、この二人の胆入りで高座に出たこともあったてえ話だが、高座じゃあ駄目だったらしい。とにかく芸がこまかいからね、広い寄席なんかじゃあ受けない。せいぜい客は十人か十五人ほどのお座敷芸だと、見きわめがついて、貞丈自身、桜川か宇治でも名乗って、幇間《たいこ》にでも出ようかなんてえこともあったらしいが、それはまたあとのことでね、当時は赤城元町の自動車部屋で、牧野やハチロー、国木田虎雄やぼくの弟の大鹿卓なんかを嬉しがらせていたわけだ。

何だかどんどん話がずれてるようだが、そういう貞丈がね、女郎買いを覚えちゃってね、うん、わずかの間だが、兵隊にとられてさ、この間に覚えたてんだが、これが結局貞丈師の生命とりになっちゃった。軍隊からは、実は、胸をやられて帰されてきたんだが、じっと寝ていたのは、わずかの間でね、ちょいと顔色がよくなったと思ったら、もう吉原通い。何しろ、二十歳《はたち》まで女を知らなかったてえのは事実だったんだから、これは無理もないとは思うのだが、貞丈師の場合はちょいと極端すぎるような気がしたねえ。胸がまだ駄目だてえのに、毎日いくんだてんですからねえ、激しいよう、本当に。それで、帰りにゃあおれのところに必ず寄ってね、例の話術で、その日買った女の話を実にもう綿密に話していくんだ。あげくは、

「どうです。ああたも、こういう女と一番《の》いたしてみた

かありませんか。ナニ、女の方にはわっちから、そいっときますから、ええ、ぜひいらっしゃい。必ずまわしますから」

なんてお女郎屋の亭主のようなことをいやがって、仕方ねえから、ついてってみたら、貞丈が通っていたのは、吉原てっても、羽目板に背中をこすりつけなけりゃ、通り抜けられねえようなドブ板横丁で、チョンチョン格子のピイピイ女郎が相手なの。それでご本人は瀬川や小紫を上げたような遊蕩気分にひたっていたんですからね、いい気なもんなのよ。

でまあ、こづかいがつづくかぎり吉原に通ってたわけだが、これは貞丈にはいいことだったか悪いことだったかいまだにわからねえが、父親がぽっくりと死んでね、三等郵便局長の椅子がこういう道楽息子のところへころがりこんできた。

こうなりゃあ、もう貞丈師のやることあきまっています。鈴木主水じゃないけれど、ゼニが自由になったのをもっけのさいわいと今日も明日も女郎買いばかり。あげく、深間になったのができちまったから、また見にきてくれ、それではといってみるとだ、これが田舎の働き女のようなガッシリと肉のしまった黒い女でねえ、ああいうのにどうして惚れたのだと聞いたら、

「この間、あの女の部屋の小戸棚に秋田雨雀の歌が書いてあったんで、これどうしたの？　と聞いたらば、ときどきくる豆爺が書いたというんですね。それがまちがいなく雨雀の筆《て》なんです。ウーム、秋田雨雀が恋敵かと、びっくりしまして、その爺《とっ》つぁまは好きかエと聞くとです。さっぱりしたやさしいおじさんだワなんていやがって、もう、わっちはドっと涙の雨」

なんていやがるから、そいつあ、ごしんぱい、と突っ放すとですね、いやそれだけじゃあないてんです。

「いつづけした朝なんか、奴さん、尻っぱしょりで畳を拭いたり、柱や棚に雑巾をかけたりと、大働きをいたします。こんな女を嬶《かかあ》にしたら、と思ったとたん、ぞっと恋風しみこんで、ハイ、それにもまして、あの女は、からだが堅くて、じみちでケチで……色が黒いのは顔だけ

かと思ったら、おまんこも黒いよう、トホホ」

てんだ。こちらは、もうあきれてしまって言葉もない。何しろ、普通の男には欠点と思われるものが、貞丈師にとっちゃ全部美点になってんですからね、さよですかてえほかはもうないのだ。

しかし、あれを落籍《ひか》して、どうでも一緒になりてえという始末だからね。

「それにしても、おれにゃお女郎買いをする人間の気持てえものはわからないね。一晩に三人も五人も客をとってまわしてくる女とやるなんて、第一不潔じゃないの」

と水をかけたんだが、貞丈師のいうことはいいや、

「不潔なんていっちゃあいけません、ああた、お客は四海同胞です。ああたのよくおっしゃる民主主義てえのはお女郎買いからですよ、それにいったん、この味を知ったら、もうこたえられたもんじゃあありません。先客を呪いながら、女の草履の音を待っている、あのイライラワクワクとかき立てられるような気持。間夫《まぶ》はわっちひとりで、あとはみな騙されているまぬけ面だと、ひとりで顎を撫でているときの、われながら、これがまことのわれなるかと感心したくなるようなゆたかな気持。これはとうてい光晴づれの知るところにあらず」

勝手にしやがれ! てんでね、とうとうこのお女郎さんが落籍《ひか》されて、局長夫人ということになったのさ――。

さてね、それからと、うん、貞丈師はそやつを落籍《ひか》すとだ、二人で草津の温泉に行ったの。ナニ、新婚旅行《ハニムーン》なんてもんじゃない。ああいうところで稼いでいた女てえのはね、からだに毒がたまってるからということで、堅気の細君になるときは毒抜きに行くんです。あそこの湯は、そういうことにも利くてんだ、うん、もう早朝から起き出して、カサッかきやなんかと一緒に湯揉《ゆも》みをしてだな、肌が焼けるような熱湯につかってですよ、ウーンッと息張って一月も頑張ってると、あそこの毒が抜けちまうてえの。

で、まあ、毒抜きにと二人で出かけたわけだが、半月ほどすると貞丈だけがひとりで帰ってきやがって、盤台

面をションボリさせてやってきたから、どうしたんだてえと、いうことがいいや。

　おまいさんもどうせ碌《ろく》なことはしちゃあいないからだだから、ついでにどうだい、わたいと一緒に毒抜きにいかないかエ――なんていいやがったもんですから、それもそうだと、ついていったんですが、何しろ、毒抜くための湯治だもんですから、おたがいに汚れたからだのうちは触れ合わないようにしようなんてひどいことを申します。しかしですよ、折角二人だけのシンネコだつうのに、ナニ抜きじゃあアタマがくたぶれて仕様がない。四、五日めにはもうガマンもチョーチンもなくなっちまいまして、つまり、ハイ、組みついたてえわけですが、女てえものはまことに不思議なもので、行きの汽車の中では、

「夢だッ。あんたとこんなにしあわせになれるなんて、ほんとに夢だ、夢だッ」

　なんていってた女がですよ、もう頑として受けつけない。夜は褌《ふんどし》をして寝る始末……ああた、ええ、こんな殺生なことってありますか、トホホ……てんだ。

　ええ、当時まだズロースなんてえものはめったに見なかった時代ですから、男ものの猿股はいた上に、晒《さらし》の六尺をしめこんで、そりゃあきびしいものだったてえんですが、こりゃあおかしかったね。うん、あの田舎の働き女のように黒い女《の》が、猿股をはいてまで頑張ってるてえところを想像してね、おれあ、腹あかかえて笑ったね。ところがですよ、そのうち十日ほどたったら、今度は細君の方がおかしくなっちまったてえの。

「つらいよう、わたい。おまいさんの鼻の頭みてるだけで、もうどうしようもないよう。たまらないよう」

　てえわけで、

「ここでしてしまったんじゃあ、何のためにこんな山の中まできて今までガマンしてたのかわからない。ねえ、後生だから先に帰っちまっておくれ、こちの人」

　なんて手を合わせ本当に拝むもんですから仕方なく一人で帰ってきましたが、どうもさびしくっていけません。とにかくね、ああいう商売をしていた女てえのは十日も男を絶っていると、男の湯飲み茶碗を見ただけでもから

だが震えるほどだてえますから……心配で仕様がありません……何しろ、草津にも男はいますからねえ――てんだ。

いいかげんにしろ！　とおれは思ったが、そういうことも、あるいは、あるかも知れないねえ。うん、話はずれたが、そういうことがあってだ、その人はめでたく小日向水道町の局長夫人に納ったてえわけだが、このおいらん夫人は気は強かったそうだが、大変家庭的でね、心配していた姑、小姑とのもめごともなく、とにかく、こまめによく働いたてえわけです。お女郎はいいが芸者と妾上がりだけは嫁にするなと昔からよくいいますが、これはどうやら本当のようですね。

ところがだ、それほど惚れて一緒ンなった貞丈がですよ、そのうち、だんだんしおれてきましてね、ある日なんぞは、

「わっちほどの人間でも、世をはかなく感じるときがあるのですねえ」

とまるで魂が蒸発しちまったんじゃあねえかと思えるようなおっそろしくしんみりとした声でいやがるから、どうしたんだてえと、

「わっちは本当は女が好きだったんではなく、考えてみると実はあの里の遊びが好きだったんですよう。手にとるなやはり野におけ蓮華草、と落語子もよくいいますが、おいらん花もそうでガンスね」

なんて頓珍漢なことといやがって、うらめしそうに、おれの顔を見るじゃあないの。仕方がないからね、別にあの色黒のサンボに恨みはないが、

「それなら、何も遠慮することあないじゃあないの。ちょいと隠れ遊びという手がないじゃなし」

てえと、それが駄目だてんだ。遊んでくると絶対わかっちゃうてえの。

外出から帰ってくると、貞丈師の細君は必ず、ちょいと、と二階へ呼んでね、Mボタンをはずして臭いをかぎ、遊んできたときは必ずかぎ当てるてんだね。水道でちゃんとマラ洗ってきても駄目。そういうとき、銭湯にでも入ってこようものなら、

「おほッ。またいってきたね。わたいをごまかそうたって、そうはいかない」

と絶対に、二度責めをくらうから、もうくたくたになっちまってあくる日は仕事にならねえてえの。

そんな状態がしばらくつづいたけどね、貞丈師やっぱり廓通いは止められなかったらしく、また新しいなじみをこしらえて、せっせと通い出したんだが、そのたびに細君にとっちめられ、もう干上がっちまったあぶらをまたしぼりとられるてえぐわいだから、その年の暮、とうとう血を吐いちゃった。うん、軍隊でかかってきた胸の病気がまだなおっちゃあいなかったんですよ。

しかし、転地でもして、ちゃんとした療養でもすれば、さいわいかたまるてえこともあったのだろうが、貞丈のようにからだを粗末にしたあげく、荒淫とあってはね、もう、どうしようもない。おまけに、このころからもう三等郵便局はどうやら左前になっていたらしいのだ。

貞丈師の使い方も激しかったが、局員の使いこみがあってね、うん、その使いこみを貞丈が見つけたときの模様がまた面白い。本当はこういうこと面白がっちゃあいけねえんだが、ちょいと話すとだ、ある夜、吉原で貞丈師が遊んでいると、あちらの方の部屋で台の物に埋もれて、大盤振舞いをしてる奴がいたてんだ。で、畜生、景気のいい奴はきりもねえものだと口惜しがってるとだね、そいつが突然、貞丈師の声色で、

……さても、とやかくいううちに、はや奥山に、かっ着いた。げにさしも信心の境内にも、夜の帷《とばり》はくろぐろと、御燈明はほそぼそと、弁天山の鐘の音は、つんとも鳴らずウ、見渡す屋なみのかぎりは吉原月夜、おや、有げいこではないぞエなあ……

と六方詞でうなったてんだね。

世の中にはうれしい野郎もいるもんだと、便所へ立った帰りに、自分の声色が聞こえてきた部屋をひょいと覗いてみたら、何とこれが貞丈師の局の雇員だったてえの。これじゃあ貞丈師の声色も使えるてえわけだ。うん、でね、あやつの給料で、あんな大尽遊びが出来るわけがねえと、早速帰って帳簿を調べてみたら、安の定、千数百

円の穴があいていたんだって。当時の千数百円てえのは大変ですよ、ええ、おかげで小日向水道町の郵便局は左前になり、やがて、ぶっ潰れてしまうんだが、そのころおれは外国をうろついていたから、郵便局没落の顚末は知らねえの。うん、吉井勇、正岡容、牧野などが大分骨を折ってくれたらしいが、とうとう駄目になっちまったらしい。貞丈師が芸で身を立てようとしたのも、このころらしいが、それもおれは知らねえんだ。

ぼくが久し振りに外国から帰ってきたときは、からだの方はどうやらもち直していてね、貧乏はひどかったらしいが、一応暮しも立っていて、といっても、くわしいことは略すが、これは細君の働きなんでね、うん、貞丈の奴は、貧乏のくせに遊びの方は相変らず達者で、横浜は黄金町《こがね》の女に入れあげていたてんだな。

貞丈師の話によると、あれは面白い女でお尻で笛を吹くてえんだが、この横浜《ハマ》の女もひどい女でね、まあ海に千年、山に千年という代物。

同じ黄金町の女でも、佐藤英磨の詩にあるような可愛らしい女じゃないの。ちょいと引用さしてもらえば、

むかしの顔

出羽生れの女と出逢ってから別れるまで
夏風の肌ざわりみたいに過ぎた。
町はずれの小料理屋から
吉原……洲崎……浜は黄金《こがね》町と住みかえて
上野は池の端の裏住みで
すず黒く枯れるまで
蓮の花よ！　その面影もあやしくなり
歳月が絶ちきれて……
雪の夜道を手を握り連れだっていた。

（詩集『蝶々トンボ』より。昭和四十五年十二月あいなめ会刊）

それでだ、話は貞丈師に戻るが、この黄金町の海千山千は、人のいい貞丈が無理算段して持っていく金をだな、実は色男にみついでいたてんだ。うん、親切ごかしに、そういうことを貞丈に告げ口した女《の》がいたのね。それを聞くとさすがの貞丈もカッときて、牧野に話すとだ、牧

野の勝っちゃんてえのもすぐ頭に血ののぼるたちだから、「ようし、任しておけ。おれがいって話をつけてきてやる」

と、いい年をして、貞丈と二人で女のところへ乗りこんだてんだ、ところがだ、

「男からお鳥目をいただくのは、あたいたちの稼業でござんす。あんたら、おつけで顔でも洗って出直しておいで」

と逆にさかねじをくわされて、まるで勝負にならなかったてえの。なるほど考えてみりゃ女のいう通りだからね、二人ともがっくり来て表の路地へ出てくると、二階から、

〽カンノンさまのおおせには
　必ず妻子のある人に
　二世の約束ネせぬがよい
　二世の約束せぬがよい
　さのさッ

と、女のうれしそうなさのさが聞こえ、つづいて、女め、ブォッ、とでっかい音で屁をひったてんだ。にゃろッ！　と牧野が、顔色を変えてまたとびこもうとしたのを、貞丈がやっと押し止め、あとは大の男が二人、くやし涙を流して梯子《はしご》酒。

べろんべろんに酔っ払って帰ってきた二人から、いちぶ始終を聞かされると、今度は貞丈師のカミさんが怒った。

「いくら稼業だとはいえ、屁までひっかけるとはなめた女だ」

とまなじり吊り上げてつぶやき、お勝手に降り、柄杓《ひしゃく》で一杯冷たいお水をあおり、

「二、三日帰ってこないかも知れないけど、わたいがちゃんと話をつけてくる」

とね、黄金町へ出かけていったというんだよ。

結果、貞丈のカミさんは元吉原の姐さんの貫禄で、その妓《おんな》とヒモを前に並べ、二人をあやまらした上、貞丈がやった金に利息までつけさせ、見事取り返してきたてえの。おかげで貞丈はカミさんに頭が上がらなくなり、以

後、絶対に外の女には気を移しませぬと、牧野を証人にして誓わされちまったてえことでね、うん、それが計らずも貞丈の女道楽の仕納めになったてえ話だ。ああ、その後、急に胸の方がいけなくなってね、芝の病院に突然入院しちまったのよ。

この辺のいきさつは勝彦から聞いたんだが、話を聞いていってみると、白金台の森ん中の垢っぽい病院でね、長い廊下をずいぶん歩いた端の方の白っ茶けた部屋に、貞丈の衰え果てた長いからだが横たわってた。そのときはもう骨と皮ばかりになっちまってたが、それでもあの大きな骨格の盤台面で、ニヤリと笑ってね、

「ああ、光《み》っちゃん、こんにちは」

なんて、ぼくの声色を使ってさ、

〽かかる山谷の草深なれど

ついの住家と思えばよしや

玉のうてなも愚《おろか》でござる

よその見る目もいとわぬわれじゃに

お笑いあるなア

チンタッタッタア、マラタッタア

と土手節のかえ唄、歌ってみせたりしたが、かなしかったね。

しかし、そういう状態になっても貞丈の話てえのは、おまんこ話ばっかりでねえ、あれは何ていうのか、江戸っ子のサービス精神といっちまっちゃあ、ちょっと薄手すぎるし、ほんとに何てったらいいのか、底にはずっしりとした生命《いのち》の悲しみを沈めた人間のやさしさてえのか、ちょいと涙ぐんじまうようなネ、そういうものなのよ。

そういう人間を見ているとこっちも碌《ろく》な言葉はみっからねえ。とにかくおれという人間は病気見舞と葬式てえのは大の苦手てえたちだから、あのときも、どうせ普通の人間が聞いたら、腹を立てるような冗談をいって帰ってきたにちげえねえのだ。

それでもね、四、五日たったら、頼みたいことがあるから、ぜひ来て頂戴てえ速達が届いたの、うん、貞丈師からね。

はて、何だろうと一度は思ったが、ぼくは彼の才能は

買っていたから、うん、詩もうまかったが、貞丈は寄席ばなしを愛し、寄席ばなしの随筆は吉井勇の推奨するところだったし、色あざやかな小曲はぼくのほまれとするところだったたから、きっと詩文集をまとめてくれろてえ頼みだろうと早呑みこみをして、早速出かけていってみたらだ。

「この間は女房《あいつ》がいたので、ちといいにくかったが、実は、あの女房には一生苦労のかけ通しで、どうしてやることもできずに死んでいくことになりそうです。あの女のもちものは全部質に入っていますが、せめてそれだけでも出しておいてやりたい。というわけなのです。何とか、出来たら都合してやってもらえませんか……拝みます」

てんだね。

詩文集なんぞよりも生きている人間の方が切実な問題だということが、まだ察してやれなかったおれは、ほんとに修行が足りなかったね。うん、そのときおれは文字通り、素っ寒貧で、とても金など出来るあてはなかったが、

「どうにか算段するよ。一度にみんなは無理かも知れねえが、できた分ずつ届けよう。そのほか、何かしてほしいことはないかい。天ぷらが喰いたいとか、烏賊のさしみが喰いたいとか」

てえと、貞丈師、手をあげて自分の耳を引っぱる真似をして、橘屋の少ししゃがれた声色で、いったことがいいや、

「この世に未練はねえけれど、賽の河原は石ばかり、三銭切手で届くなら、おまんこの罐詰でも送ってほしいや」

それからね、しばらくして、貞丈師はとうとう死んじまった。カミさんのそのものの中に人差指と中指を入れたまんまの静かな最期だったたそうだ。そういうときまで、自分のからだを亭主にあずけていた貞丈のカミさんも偉いが、芸術よりも遂に女陰を選んだ宮島貞丈という人物も並じゃあない。ナポレオンやゲーテらの生涯とくらべて、どっちが正しいか、神さまてえものがいたら、きいてみたいもんだ。

横丁のあいつ

おれが再び日本に戻ってきたのは、あれは昭和もはじめ、昭和七年だ、うん。神戸に上陸してね。着のみ着のままで新宿にやってきて、竹田屋に投宿したの。ああ、竹田屋ってのは大宗寺横の連れこみ旅館でね、襖一枚向うでは、ナニしとるというスタイルの旅館でした。聞こえるのよ、何もかも。当時は臨検なんてのがすでにあった時代でね、臨検てえのはポリスが突然踏みこんできて、ぱっと蒲団をはいで、こら、何しとるッ、はい兄妹でございます。ふざけるなッ、兄妹で何しとるということがあるかッ。申し訳ございません――てえ奴ね、これが聞こえるんですよ、全部。あれは可愛そうというか、おかしいというのか、聞いているのが嫌だったね。ひどいことをしたもんですね、昔は。ええ、こういう旅館へファイバーのスーツケースひとつ持っただけで居ついたわけです。それでも、しばらくすると、国木田の虎公（国木田虎雄）や正岡容なんかがぼつぼつやってくるようになって、だんだんにぎやかになりました。貘さん（山之口貘）とはじめて会ったのもこの旅館にいたときだ。『マレー蘭印紀行』や『女たちのエレジー』をまとめたのもこのころのことです。

スーツケースの中には、着がえもなかったが、南方旅行のメモと詩稿だけは若干あったんですよ。うん、シンガポールで船待ちしてるうちに、久しぶりでまた書く気が出てきて、いくらか詩も書いたの。ああ、「洗面器」の唄もあのころの作だ。あれは評論家先生たちには、いまだに評判はよくないが、時代への切りこみが鈍いとか、水っぽいとか、いろいろ悪口をいわれているが、あの歌は好きなんだよ、おれは。何も考えずにすらっと書いたもんだからね、ああいうものは頼まれても、もう書けない。詩というものは、本当はああいうものなのよ。詩というものの本質はあれにあるんだ。こういうことも一度くらいはいっておいた方がいいだろう。おのしも、この連載ではだいぶ評判が悪いらしいが、あやつには思想のカケラもないとか、おれに泥水ぶっかけてるようなもんだとかね、ああいってる奴らはみんな詩人と称する奴らだ。しかし、そんなことは気にする必要はねえよ、昔っから詩人てえのは根性が狭いもんだからね、何も政治に関するだけが思想だてえことはないのだ。てめえでも信じてもいねえようなことをただ流行のレトリックだけで並べ立てたようなもんなんかよりは、おのしの方がよっぽど出来てる。こいつは余計なことをいったか。おのしも一見、気は弱そうだが、どうしてなかなか図々しいところがあるからね、うん。おれが日本に帰ってきたころ、昭和の七、八年てえころは、今と何となく似てるねえ。「満州」に事変の起ったのは、あれは六年か、つづいて「上海事変」が起り、また、五・一五だ、そういう世情の危機感が人心にモロに反映して、巷にはエログロナンセンスの花ざかり。アメリカからレビュー団がやってきたが、裸の脚とヘソを見せるのはケシカランと、警視庁が股下三寸までのズロースをはかせたのは、あれは何年だったかな。とにかく、不安とナンセンスでとち狂って、世は破滅に向ってまっしぐらてえ時代だった。

小林多喜二が虐殺されたかと思えば、銀座裏じゃあ戦争成金が花電車のご見物てえ時代で、花電車が何も悪いてえわけじゃないが、そういうお先まっくらな日本へおれが戻ってきたのが、数えで四十歳。あれからよくもまあ四十年も生きてきたもんだ。

おまけに、そういう日本に戻ってきたおれは文字通りの無一文。竹田屋は淫売の巣のような安宿だったが、十日に一度の宿料の支払いにもこと欠く始末で、貧乏はもうおれの属性のようになっていた。妹の捨が化粧品のモンココをはじめて、とにもかくにも毎月給料が入るようになったのは、このあくる年だからね。息子はまだ長崎の森の実家にあずけっ放しだったし、おれより一足先に帰ってきた森は御苑前の中華料理屋の二階を借りて、もうせっせと小説を書きはじめていたが、森からこっちの暮しの金まで、まき上げるてえわけにはいかねえでしょう。ほんとうに、あのころは、どうやって食っていたのか、今もってわからない。

旅先での貧乏もひどかったが、この頃もひどかったねえ。

それでも、まだあのころの日本は、現在のように人と人との関係が乾いちゃあいなかったからね。どうにかやっていけたんだと思う。日本や日本人の悪口は、これまでもさんざいってきたが、考えてみれば日本てえ国のいいところは、素寒貧でもどうにか生きてはいけるてえことでしょう。恥をかく度胸さえできていればね。パリなどじゃあ、金が無ければ死ね、てえもんですからね。おかげであちらでは人にはいえねえようなことをいろいろとやってどうにか生きのびたが、折があったらその辺の実状も書きますよ。でもね、曲がりなりにも世間てえものがあると、やっぱり今は書けない。この間、本になった〝ねむれ巴里〟でもね、何度か書いちまおうと思ったが、やっぱり書けなかった。おのしは知っているはずだから、おれが死んだら書いてくれ。あと二十年もたったらね、親族のプライバシーなんてのも、もう考えなくてもいいよ。物書きは人非人とわかっていても、今のおれの力じゃあどうにもならない。病人もかわいそうだし、息子も当り前の世間で生きてる人間だからね、おれはつらいんですよ。どうもちかごろは昔のことを考えるとものの悲しくなっちまっていけねえや。

話が変にずれちまったね、うん、まっとうにいこう。竹田屋時代の話だったな。竹田屋にはいろんな女が出入りしていたがあれはもともと連れこみ宿だったから、街で男をとっつかまえてくるストリート・ガールや、きまった男を十四、五人も持っていて、それを適当にまわしているようないわゆるフリーのお姐さんたちの常宿だったから、まあいろいろと妙な女たちが居ついていたんだ。隣りは皆さんもご存知の二丁目遊廓、内容は二丁目とあんまり変っちゃあいねえのが竹田屋てえ宿だった。しかし、竹田屋の方は二丁目とちがって、女はフリーだったからね、気がいいてえのか、度胸がいいてえのか、二丁目あたりよりは明るい女が多かったね。芳江なんて親切な子もいてね、これは、今でいえばフーテンに薹《とう》の立ったような三十二、三の女だったが、面白い奴だった。これはぼくの左隣りの部屋にいて、四谷署の臨検があると、ぱっとおれの部屋に飛びこんできて、蒲団の中にもぐりこむ。うん、おれもあのころは住所不定ということでは芳べエと似たようなもんだったが、それでも交番のおまわりとは立ち話くらいはする仲だったからね、おまわりもおれの部屋までは調べねえの。おれみていなひねくれ者が、おまわりと仲が良かったてえと、信じられねえかも知れないが、これはほんとでね。何はなくとも、まず街中をほっつきまわるてえのはおれの癖だから、竹田屋に居ついてからも、毎日金もねえのにちびた下駄をひきずって、あっちこっちとうろつきまわっていた。だから、交番の前も日に何度というぐあいに通ることになる。と、交番の巡査てえのも暇だからね、

「おや、先生、またお出かけか」

くらいのことはいうのよ。そういわれると、こちらも、いやいや、くらいのことはいうことになるしね、たまにゃ立ち話してえことにもなるのだ。

おまわりさんの方は、はじめのうちは、妙な新顔がうろつきはじめたなと思ったらしいが、竹田屋の女将てえのが苦労人で、うちにいる金子さんてえ人は服装はちょいと変だけど、洋行帰りの偉い先生なんですよ、なんて吹いてまわっていてくれていたから、おまわりもいくらか買いかぶってくれていたんだ、うん。そのうち型通り信用なんか全然なくなっちゃったけど。ああ、それにね、おれみていに、長い間あちこちうろつきまわってくると、自己防衛の本能は異常に鋭くなってるからね、おまわりと仲よくなるのも芸のうちてえところもあるな、うん。話はまたずれたが、この芳江てえのが、たまにはイモの煮っころがしを盛った丼なんか持ってきてくれたり、そりゃあね、よくしてくれたの。

われわれのような人間と芳べエなんかは、いうなれば同族だからね。からだと体験を種にして世の中を渡ってくてえことでは物書きもサービス業のお嬢たちも同じだてえわけ。そういうことは、言葉にしていわなくても昔

はみんなわかり合ってたもんです。竹田屋の女将も芳べエも例外じゃあねえんだ。みんなわかってるのね。だから、おれみていな素寒貧でも生きてこられたんでしょう。ところが今はどうだ。物書きは偉いてえことになっちまってる。これは世間さまの方も悪いが書き手の方も悪いね。話を詩人に限っていえば、まず99％までが大学詩人だ。詩人てえのは出来上がったものをぶちこわして、何か新しい秩序を探すてえのが仕事でしょう。それが大学てえところにいて、学生に何を喋っているんだろう。話が理屈っぽくなってまことに申し訳ないが、おかげで、活字は世にあふれているが、ロクなものはねえね。ザマはねえのはおたがいさまだから、おれのような死にぞこないが、とやかくいうことはないけれど、こういう世の中に生きていると、春だてえのに背中が寒いや。

　昔の詩人てえのはみんな貧乏でね、何も貧乏がいいてんじゃあないけれど、それでもみんな立派でしたよ。貧乏てえばいつも辻（潤）や貘さん（山之口貘）を思い出すが、二人とも、とうとう野たれ死に同様に死んじまったが、歯ごたえのあるいい人間だったですねえ。辻や貘さんにくらべたら、おれなんか運がよかったとしかいいようがない……ただ、それだけだ。

　辻が死ぬ二年くらい前のことだったか、真冬だてえのに、素肌に浴衣一枚の上にトンビをはおっただけでやってきてね、寒いてえから、庭で新聞紙を丸めて焚火をしてさ、いろいろと話したことがあるんだが、辻がもう一度鰻が喰えたら死んでもいいなんていやがるんでね、それじゃあおれが食わしてやると請け合ったことがあるんだ、うん。もうそのころは鰻なんかめったに売っちゃあいなかったから、おれが川へ行って摑んできて、割《さ》いて、カバ焼をこしらえて喰わしてやるっていったの。

　ところが、そのうち空襲がひどくなって、辻もどこへ行ったんだか姿も見えなくなっちゃったし、おれも山中湖の方へ疎開するやらで、それっきりになっちまったから、今さらお詫びの仕様もねえが、あの世へいくときにゃあ鰻重の一ダースも持っていってやろうかと思っているんだ、うん。ほんとうに食いたいものくらいは食わして死なしてやりたかったねえ。あれは江戸ッ子でね、あ、いい奴でしたよ。最後はどこへいっても、この乞食野郎とか何とかいわれて追っ払われていたてえから、余計悲しいねえ。年のせいか、最近はどうも涙っぽくなっていけねえや。ヨイショッと気を持ち直して、さて、何の話をしてたんだっけね。

うん、乞食野郎で思い出したが、竹田屋の脇の露地をちょいと入って追分の方へ抜ける横丁に、名前は忘れたが、一杯飲み屋がかたまってるちょいと色っぽい一角があってね、日暮んなるともう女たちが店の前に出て客を呼んでいたの。おれは酒は飲めねえたちだから、いつも素通りしていたんだが、あるとき、ひょいと気がつくとかなりイケル女が立ってたのよ。

ふっくらとした瓜実顔《うりざね》で、顔の造作もからだつきも当時の日本の女としてはおっきくてね、五尺五、六寸はあったろうか。とにかく、でかくていやに気になる女がいたんだ。こいつとなら飲めねえ酒でも中に置いて、世間話のひとつもしてみたいと思えるほどの女なのね。おれみてえな半分みなし児みてえな生れつきの者は、こういうふっくらとでかい女に妙にひかれるんだねえ。あの女のあのふっくらとしたからだにくるまれて、おっかさん、なんて呼べたら、どんなに心持がいいだろう、なんて、四十男の考えとしちゃあ情ねえかぎりだが、まんこのおけけにぶら下がったら足が地につかねえんじゃあないだろうか、なんて思うとね、ぞっと肌に粟つぶてえほどじゃあないけれど、変にこうシビレる感じでね、しばらくの間、その女を横目で睨んで、素通りしていたんだ。どういうわけか、そのふっくらでぶはおれにゃあ声もかけなかったからね。

そして、ある日。その日は、どっかから若干の稿料が入って、当時新宿を根城にしていた正体不明のゲイジツ家たちと、久しぶりに夜更けまでうろつきまわって、のめねえ酒を飲んでね、ふらふらとこの横丁に入ってきたの。そして気がついたら、その女の店で、女と差し向いで坐っていたんだ。うん、二、三坪の細長い店でね、まあ普通の居酒屋かスタンドバーのつくりを想像してもらえばいい。そういう店で、おれは、させろ、させろってド鳴っていたんだ。幸か不幸か、ほかに客は誰もいなくて、うす暗い店の中にはおれと女の二人っきり。そこにつけこんで、おれはいきなり、させろなんてヤボな大声を上げたのかも知れないが、不思議なことに、女は怒りもせず、黙ってカウンターの下をくぐって出てくると、いきなりおれのMボタンをはずし身をかがめたてえわけなの。ええ、尺八ですよ。これにはおれも驚いたが、折角してくれるものを断わっちゃあもったいないから、ええ、ほんとにいい心持でしたね。

ところが終って、女が要求した金額を聞いておれはとび上がった。十円いただきますってんだからね、うん。何しろ、当時は大学出の勤め人の初任給が三十円くらいの時代ですからね、十円てえば大金、今の金にしたらどのくらいになるかしら、六万円てえとこかしら。そんな大金あるわけねえから、とっさにおれは逃げちまおうと思ったが、何しろ、竹田屋はすぐ傍だからねえ、この女あるいはおれの宿も知ってるかも知れねえと思うと逃げられない。仕方ないから、ポケットを全部はたいて、これきりない、これで勘弁してくれと差し出した金が、今でも覚えているが、しめて八十二銭。そしたら、今度は女がいきなり怒りはじめてね、この乞食野郎ッ、さっきは十円やるからさせろっていったじゃないか、てんだ。

こうなれば、もうこちらも開き直るより手はありませんよ。いくら何だって、十円やるからさせろなんていった覚えはないし、隣の二丁目遊廓だって、二円ぐらい出せば泊ってこられた時代なんですからね。まさか、こいつ交番へ行ったら、尺八やったとはいい出せまいと思ったから、うん、こんなところを地まわりにでも見つけられたら、それこそ大変だからね、おのしがそういういいかげんなことをいうのなら、そこの交番へ行こうっていってやったの。露地を出たすぐ前が交番所だったからね。

女はね、やっぱり交番じゃあ尺八のことはいわなかったですよ、うん、十円も飲み食いし、こいつは八十銭きり持ってない。無銭飲食だから、ぶた箱へ放りこんでくれ、なんていってるのね。ぼくにも女の口惜しさはわか

るけどね、こういう女をいじめるのはつらかったけど、背に腹はかえられないから、

「実は飲んだのはビール一本だけ、それもちょっと口をつけただけです。この女のいうことは嘘です。十円なんて、とんでもない」

と突っ張ったわけだ。

と、おまわりさんはどういうわけかニガ笑いして、

「本当の無銭飲食なら、本官の出番だが、高いの安いのてえ掛け合いなら、店でやってくれ」

と女のいうことにゃ全然とり合わねえんだ。ざまみろと思ってね、

「ビール一本なら五十銭で十分だろ。三十二銭はチップだ」

と女のエプロンのポケットに八十二銭突っこんで、おまわりさんには、どうもどうもと丁寧に挨拶して、さっさと引き上げてきちまった。

ところがだ、さて、助かったと横丁の暗がりを抜けたとたん、さっと追いついてきた女がいきなりおれの胸倉を摑んだと思ったら、ポカッときた。で、あっと思ったときは、もう地べたにねじ伏せられていて、もういいようにぶんなぐられちゃったの、全力をあげて抵抗したんだけどね、駄目なんだ、最後に横っ腹を思いっきり蹴っとばされて、

「この助平の乞食野郎めッ、おととい こいッ」

てんだ。

それでもね、おれは、とにかく尺八やらせてト呆けちゃったんだから一言もない。ようやく這うように竹田屋まで戻ってきて、ボコボコに脹れ上がった顔をおさえて唸っていたら、隣の芳べエが、手拭をしぼって持ってきてくれてね、どうしたんだてえから、これこれこういうわけだと一部始終を正直に話すとだな、芳べエめ、腹あかかえて笑いやがってね、

「金子さん、あいつはいけないよ。かないっこないよ。あいつは男なんだから。柔道二段のオカマなんだよ」

てんだ。

おれも思わず笑ったね。柔道二段のおかまじゃあ、な

るほどかないっこないもの。おまわりさんも知っていたんですよ、何もかも。

　しばらくして交番の前を通ったら、当夜のおまわりさんがいてね、ニヤッと笑っていったもの、

「不粋《ぶすい》な物書きじゃのう」

エッセイ『風狂の人　金子光晴』より
（大陸書房　一九八二年）

六道

この身勝手で、しかも、優しい鬼は、毎日のように病院へ通い、老妻の面倒をみながらも、なお、書くことだけはやめなかった。水の溜った膝関節の痛みに耐えながら、衰えた五体に鞭うつように、ひたすらに書きつづけた。マスコミからの注文も、ひとつも断らなかった。『衆妙の門』のようなもの、という『週刊ポスト』からの注文も、

「週刊誌ってのは毎週なんですからね、先生大丈夫ですか」

と私が念を押したにもかかわらず、

「大丈夫だよ。どうせ聞き書きだろうが。挿画はオレが描くから、あとは適当にごまかしちゃってちょうだい」

と軽く引きうけてしまった。そして、

「テーマは幽霊ね。幽霊の女につきまとわれて、破滅して行く男の話だ。すごい話だぞ、これは。だから、文体には気ィつけてね」

とまるで本格小説の連載でもはじめるようなことをいった。そのうち〝七変化金花黒薔薇艸紙〟とタイトルまできめた。

私は頭をかかえこんだ。本格小説を週刊誌が載せるわけがない。「身辺雑記的色ばなし」とポストは注文をつけてきているのだ。しかも、ハナシは具体的でなければ週刊誌には向かない。しかし、引きうけてしまったものをやめるわけにはいかなかった。やめる、といったら先生は自分で書くにちがいない、と思った。そうなったら、先生のいのちはあと半年ももつまい、と。そう思ったとたん、心がきまった。

「やりましょう」

と私はいった。

こうして『金花黒薔薇艸紙』の連載ははじまった。

金子さんは喜んで題字を書き、挿画を描いた。「七変化」の三文字は、長すぎるという理由でポストの編集部がけずった。

私は、ポストの注文通り、まず金子さんの身辺から書きはじめた。しかし、三回めが活字になると、金子さんは、

「お化けだよ、お化け。幽霊の話だっていったろう。幽霊女につきまとわれて破滅して行く男の話だっていったろう」

と注文をつけた。

「インキなハナシは駄目なんですよ、週刊誌では」

と私はこたえた。

「そういうもんかね」

と金子さんはいった。

「そういうもんなんですよ」

と私はいった。

「先生にはコドモに見えるかも知れませんが、これでも僕は週刊誌で十年もメシ食ってきてんですから」

「わかってるよ。しかしだな」

と金子さんはいった。

「オレはね、一生、幽霊女につきまとわれて生きてきたんだよ。嘘じゃないよ」

「わかってますよ」

「わかってるもんか」

と金子さんはいつになくきつい調子でいった。

「オレはほんとは処女と一緒になりたかったんだ」

「誰だって、そうですよ。処女でなくてもいいなんての弱い証拠ですからね。遊びなら話は別ですけど」

「ああ、そうだ。その通りだ」

といって、金子さんは、ジロリと私を見た。

「しかし、おのしはおふくろは知るまい」

おどろいて私は言葉を呑んだ。この人は何をいおうとしているのか！　金子さんの眼が、どぶ泥のように濁った。鼻の穴がふくらみ、たるんだ下瞼がピクピクと痙攣した。鼻梁のわきから顎にかけて、深くきざまれた八の

字型の深いみぞが、まるで、女のかくされた部分のように卑猥に歪んだ。不意に、顔をそむけて金子さんはいった。

「オレはおふくろを知ってるんだ。義母だけどね。オレはおすみさんに抱かれて寝てたんだよ、子供のころ」

「その話は聞いてますよ」

「ああ、話した」

金子さんは白毛まじりの鬚《ひげ》の生えた顎を右手の四本の指で押しあげてみせて、また、ジロリと私を見た。それで、

「こうやって、キスされて、童貞を」

といった。

「中学二年のときだ。今だって忘れちゃいない。それから成績が落ちはじめたんだ」

私は腹の底で唸った。先生は嘘いっちゃいない、と思った。これは聞かなくちゃいけない、冷静にだ。精神科医のように冷静に……。しかし、先生、そんなこと、喋りたくなかったら、喋らなくたっていいんですよ……。

「サクライサン」

と金子さんはいった。

「ああいうことはイヤなことだ」

私は頷いた。

「普通の人間ならきちがいになるよ。しかし、オレは放蕩でごまかした。オレが本当の意味での蕩児ではねぇというのはそういうことさ……不良でもなかったよ、オレは本が好きだったからね」

「わかります」

「わかるもんか」

と金子さんは吐きすてるようにいった。

「ああいうことは経験してみなくちゃわからねぇ。あれからだ、オレが人間を信じなくなったのは」

そうだったのか、と私は思った。たしかにこの人は優しい。しかし、腹の底では誰も信じてはいない。それが俺にはわかる。優しい鬼といわれる所以だ。

「先生」

と私はいった。

「もう喋らなくたっていいですよ」

「いやね」

と金子さんは目の下をおさえていった。

「それに、オレのところへ回ってきた女はみんな古ばかりだ。古はいけない。靴だって女だって、新しいものの方がオレは好きだ。三千代さんだって、お古だったんだ。しかし、オレは惚れちゃったけどね。お古だったけど、見てくれも履きぐあいもよかったからね。頭もいい。しかし、やっぱり古靴は古靴だ。そのうち、クギが出てきやがって。おまけにオレを虚仮《こけ》にしやがった」

土方氏とのことだな、と私は思った。しかし、中野の組合病院で、こまめに、優しすぎるほどの優しさで、森さんの面倒を見ていた金子さんの姿を思い出して、私はいった。

「しかし、先生は優しいですよ。あれだけの面倒をみられる男はそうザラにはいませんよ」

「優しいか」

といって金子さんはニィッと笑った。

「本当にそう思えるか」

「思えます」

「おのしは利口だ。その利口なところがオレは厭なんだ。本当のことをいってみろ。おのしは優しい。しかし、その優しさは、みんな自分のためじゃないのかね。自分の居心地がいいように誰にでも優しくする。そうじゃないかね。ええ?」

「かもしれませんね」

「だろうが。オレだって同じだ。オレはアレが憎いよ。森三千代という女を五十年オレは憎みつづけてきたんだ。だからオレはアレに優しくできるんだ。三千代さんはね──」

「もういいですよ」

と私はいった。

「いいですよ。もう」

じゃあ、「三点」という詩は、あれは何だ。嘘か？まさか嘘じゃあるまい。嘘じゃあの詩は書けまい、と私は思った。それを、口に出していってみた。すると、金子さんはこういった。

「ご機嫌をとってやっただけさ。戦争を薬味に使って。しかし、ああいう気分のときもあったといえば、あった。本当といえば本当かも知れない。毎日、寒いところで、いっしょだったんだからね」

「じゃあ、五十年というのは――」

手を振って私の言葉をさえ切って、金子さんはいった。

「人間の心はまっすぐな棒のようなもんじゃあない」

「わかりました」

と私はいった。

「でも、もうこの話はやめましょう。もういいですよ」

「よくないよ。幽霊のハナシを書くんだから」

フフフ、と笑って補聴器を私の面前へ突き出して金子さんはいった。

「幽霊の話を書くんだからね」

私は訊いてみた。

「森さんが幽霊だっていうんですか」

「ああ、そうだ」

と金子さんは断定した。

「オレはアレの本心というものを見たことがない。姿は見える。かたちも見える。しかし、アレの心の中まではわからねえんだ」

「先生」

「何だい」

「それは惚れてるからですよ。惚れちゃえば、誰だってそうですよ」

「論はいいよ。論は」

「はい」

「だがね、今度は勝負に出ようと思うんだよ。オレももう長くはねぇから」

「そんなこといわないで、先生」

「いや、これは本当だ。オレは嘘つきだ嘘つきだって、自分じゃあいってるが、本当のオレは嘘つきじゃあねえ」

詩集『女たちへのエレジー』がもつ透明な抒情を思い出して私はいった。

「わかってます。正直でなけりゃ、詩なんかやってられませんもんね」

　金子さんは濁った目に妖しい光を浮かべていった。

「おのしは、わかってる。よくわかってる。オレもときには怖くなるくれぇ、おのしはオレのことがわかってる。だけど、オレもおのしのことはわかる。おのしは優しいよ。しかし、薄情だ。それを自分で知ってるから、おのしは自分が怖い。だから、新谷の手紙もおのしは読まなかったんだ」

　ああッ！　と私は思った。その通りだ、と。金子さんの聞き書きをはじめてから、私は多くの人たちから悪口をいわれた。金子の詩業を穢している、あいつは金子を玩具にしている、金子光晴はあんな人間じゃない、金子は何であんなやつを連れて歩いてるんだ等々。しかし、そういうことを知ったのは全て、噂か匿名の手紙によってだった。匿名の手紙の中には字を見れば発信人の名までわかる古い友人のものまであった。だから、私は噂を聞いても聞こえぬ振りをしていた。知っても知らぬ振りをしていた。どう説明しても、わからないやつにはわからない、と思っていたからだ。しかし、目の前で、じかに、生身の人間にいわれたら、どういうことになっていたかわからない。二十年来の友人、新谷にいわれたのだとしたら、殴り倒すくらいではすまなかったはずだ……。

黙ってしまった私に金子さんは、

「知るということは大切なことなんだ」

といった。

「知れば自分の本当の姿がわかる。それで、それに耐えて行くことが人間が生きるということだ。悪口をいわれたからといって、裏切られたからといって、そいつを捨ててしまうというんでは人が人である意味はない。しかし、おのしはカッとくると前後の見境がつかなくなる。いいかい」

　突然、優しい声になって金子さんは、つづけた。

「むかし、オレのいったことを覚えているかい」

「覚えていますよ」

　と私はこたえた。

「見放してしまうということは想像力の貧困以外の何も

のでもない、といいましたね、先生は。三角関係の話をしたとき。こうもいいました――」

「いいよ。覚えていればいいよ」

と金子さんはいった。


（後略）

小説『恋兎　令子と金子光晴』より

（日本文芸社　一九九五年）

愛しあふことは殺戮《さつりく》だ。革命だ。
逆さまに罪に墜ちることだ。
両手を血だらけにすることだ。
危い。その薔薇にさはつてはいけない。

（金子光晴）詩集『蛾』「薔薇Ⅲ」より

1

泥土《でいど》がまじって薄よごれた水の中で無数の裸体がゆらめいていた。爪先立ってゆらゆらと揺れているもの、踞《うずくま》ったもの、仰向《あおむ》けの裸体、棒立ちになって腐っているもの……顎《あご》をあげて漂っているもの……。不意に汚水が泡立ち、ひとつの裸体が引きぬかれるように視界から消え、ごぼごぼと水が泡立つ。光晴は、夢だ、と唇を舐《な》め目を開けようとした。が、一瞬視界が霞《かす》んだだけで、水も女たちの姿も消えない。あるいは快楽に酔いしれた不死身の女のように、あるいはその悲惨な半生と生い立ちをめんめんと語るかのように女たちは薄い胸を、恥毛のぬけ落ちた陰窩《いんか》を、汚水に洗わせて浮きつ沈みつ、ゆらゆらと漂い、ゆらめいている……。

これが、と光晴は呟《つぶや》いた。俺の心の中の眺めか、なるほど、俺が手を借さなかったら、女たちはもっとまともな姿で、この世から消えてゆけたにちがいない。おさいも、ゆきも、おまつも……。名をあげて彼はむかしの女たちの数を指折りかぞえていた。指ひとつ折るごとに、自分の生の無慚さが像《かたち》になってあらわになり、悲鳴まで聞こえるような気がしてかたく目をつむる。

首筋に汗が溜《たま》っていた。手のひらで拭うと、それは粘液のように胸から腹部まで薄いねばついた膜のようにひろがり、陰毛のうえを指先がすべる。目は覚めているると思う。しかし、からだはまだ夢の中にあるのか、全身が弛緩《しかん》していて、頭の中だけが変に明るく、寝起きはいつも辛《つら》い。胸郭《きょうかく》が痛み腹の底から先ゆきの不運を暗示するような生臭《なま》い腐臭がわきあがってくる。痰《たん》が喉にからんで咳《せき》こむのも、手肢《てあし》の筋肉が攣《つ》るのもいつも夢が現実に引き渡される昏迷のときだ。

また眠りに引きこまれそうになって光晴は枕から落ちた首をねじるようにまわした。窓ガラスに張りついた狐色の陽光の中に見覚えのある瓜実顔《うりざねがお》が浮いている。目が合うと白い歯を見せて微笑《わら》った。ああ、あの娘だ、あいつだ、今日はアレと会う約束の日だった。遠いむかしの出来事でも思い出したように、彼は首を振る。陽光がゆらいで瓜実顔が消える。汚水も女たちの裸体も消えていた。水の中の風景は自分のためらいの反映であったことを彼はもう知っている。厄介なことが起きそうだということもわかっていた。

ようやく春の色の濃くなった三月の終わりの曇り日だった。光晴は吉祥寺の自宅にまだ少女の匂いのぬけきらないような小柄な娘の訪問をうけた。大川内《おおこうち》令子と名のったその娘は詩を見てほしいといい、応接間に通されると、すすめられた椅子に浅く腰をおろして、艶のある目で光晴を見て俯《うつむ》いた。風呂敷包みから詩稿を取り出して、おずおずと差し出し、また目をあげて伏せた。

光晴は膝のうえに詩稿をひろげた。『キツネ』というタイトルの下に大川内令子と署名してあった。

光晴の読みとりは早い。ペラペラと頁をめくって、悪くない詩だ、年齢《とし》のわりには器用に書いてる。そう思うと、思ったことを口にして褒めた。令子は、ほんとうでしょうか、というふうに目をあげて見つめてきた。そのまなざしに女の艶のようなものを感じて光晴はたじろいだが、なにげなく年齢を訊《き》いた。

「二十五歳になりました」

「よくここがわかったね。誰かに訊いたの」

令子は微笑して平林敏彦や鈴木耀之介らの名をあげ、鈴木さんに教わったんです、と目を伏せ、連れて行ってあげるとおっしゃったんですけれど、急に都合が悪くなったらしくて、といって口ごもった。

平林も鈴木も光晴の年少の詩友だった。家までやってきたことも何度かある。新橋の『国際タイムス』の文芸部が、このころ彼ら若い詩人たちの溜り場になっていることも知っていた。よく光る目に光晴は微笑を浮かべた。

「なんだ、あんたもあの一派だったんですか。そういえば、聞いたことのある名前だと思った。あんたも『国際タイムス』には寄稿したことがあるでしょう」

はい、とこたえて令子は肩をすくめた。きれいな白い歯並びが見えた。

「みんな先生にお会いしたいといってます」

「おやおや。お世辞はいいよ」

彼は笑ったが、このころ金子光晴の名は、戦争中時局に迎合するような詩は一篇も発表せず疎開先の富士山麓山中湖畔で営々と反戦詩を書きつづけてきた硬骨の抵抗詩人として、すでに、世に広く知られていた。しかし、その作品とちがって生身《なまみ》の光晴は磊落《らいらく》で話し好きだった。二十五歳とわかっても、お嬢ちゃん、お嬢ちゃん、と令子を呼んで目を細め、彼女の着物の趣味を褒めたり、戦後手のひらを返したように左傾していった文化人の名を二、三あげて、「あれもキツネだね」と笑ったりしたあげく、不意にギョロリと目を剝《む》いて、「ところで、君のお父さんもそのくちではないでしょうね」と首を突き出した。令子は肩をすぼめるようにしてこたえた。「いいえ。父は軍人でございました」。その顔と仕ぐさを光晴は可愛いと思った。しかし、話をつづけてゆくうちに、目の前にいるまだ少女のような娘が、昭和十二年の第二次上海事件で海軍特別陸戦隊をひきいて猛将とうたわれた大川内伝七海軍中将の娘だと知って、ホホーッ、と目を光らせ、まばらに無精髭の生えた口を閉じた。怯えたように令子はいった。

「あたくしのような戦争犯罪人の娘はおきらいでしょうか」

「いや、いや」

手のひらで光晴は令子の言葉を押し返すようにした。

「そんなことはどうでもいいんです。人間には好きなことをやる自由がある。戦争裁判なんてことも馬鹿らしいことだ。それに戦争が終わると、みんなアメリカ人にでもなっちまったみてえで、そっちのほうがよっぽど厭なことです。この詩にはそんな僕の気持と似たような感じが率直に出ている……」

喋《しゃべ》りながら光晴はこの少女のような娘に女を感じ、いまにものめりこみそうになっている自分に呆れながら、二人の年齢の差とこの感情が愛に変って行きつく先の相克を思い、何度も目を閉じ、目を開いた。

この年、昭和二十三年、光晴は数えで五十四歳。眉毛に長毛のまじった渋紙色の顔にはすでに初老の面影があった。しかし彼は、二時間ほどして令子がいとまを告げると、若やいだ声で、こういった。

「来週の今日、二人で焼跡見物というのはどうですか」

令子は微笑《ほほえ》んだ。

「はい。お供します」

「結構。じゃあ午後三時に、銀座の《ケテルス》で」

玄関まで送り出た光晴は猫足のように指先を曲げた手をあげて、目尻に皺《しわ》を寄せた。

表通りへ出ると、令子はおどるように歩いた。焼跡見物がするりとドイツ料理《ケテルス》での食事に変ってしまったことも、さして気にならなかった。金子光晴に好かれたという思いだけで胸がいっぱいだった。

翌週の水曜日、二人は《ケテルス》で食事をした。光晴は一週間前と同じ着物をきていて、衿《えり》もとから垢じみた丸首シャツがのぞいていた。それに、まばらな無精髭、紺《こん》足袋にチビた下駄、色の褪《あ》せた角帯。文化人特有の目の輝きがなければ、寄席芸人のなれの果てとも見える服装だった。寝起きで顔も洗わないで出てきたような無造作なその姿に令子はおどろいたが、食欲までなくなるほどではなかった。

光晴は饒舌だった。しかし、この異装の詩人は詩や芸術については何も喋《しゃべ》らなかった。戦前の浅草の芸人たちの芸や趣向を声色《こわいろ》まで使って話して聞かせ、突然何か思い出したようにいった。

「君は嘘がつけるかい」

半ばうわの空で光晴の話に聞きほれていた令子には、それがどういうことを意味しているのか、どうこたえたらいいのかもわからなかった。が、嘘をつけるか、という言葉の残響は強烈で、しばらく何も考えられなかった。しかし、男性は好きでもない女性を食事には誘わないはずだ、と気がまわると、ああ、そうか、と目をあげた。光晴の顔が目の前にあった。まばたきして彼女は、あたしははじめてこの人に会ったときからこの人を好きになっていたんだ、そうだ、そうだったんだわ、と思った。腹の底からわきあがってきたその未知の感情に胸を押しあげられるように、彼女は上気した顔をあげた。

「ああ、もうおなかがいっぱい」

光晴の笑顔がいった。

「じゃあ、コーヒーでも頼もうか」

この日、二人は食事をすますと、銀座をぶらついただけで別れた。別れぎわに光晴はいった。

「来週は火曜の二時に、新宿の《りんでん》てぇ喫茶店で会いましょう。知ってるね、あの店」

令子は上気して頷《うなず》いた。家に帰っても興奮はおさまらなかった。君は嘘がつけるか、という言葉を思い出して、ああ、ああいうかたちの愛の告白もあったのか、と胸を抱きしめて顫《ふる》えた。……先生には妻子がある。奥さまは森三千代という作家だ。でも、あたしたちの出会いはあたしたちだけのもの、世間の常識では計れないほど運命的なものなんだ、どちらもがそれを納得できるまで辛抱強く、一切合財嘘で固めてゆこう、でなければ、あたしたちの関係はありきたりの不倫ということになってしまう。先生はそういう意味で、嘘はつけるか、とおっしゃったんだ。そう理解すると令子は二階の自室へあがって姿見の前へ立った。二十五歳のふくよかな瓜実顔とあでやかな着物姿が杏色《あんず》の夕陽の中でゆらゆらと揺れた。

陽《ひ》差しがかげって部屋が薄暗くなった。デスクランプはつけっ放しになっている。夢と現実のあわいをくぐりぬけていった想念を追うように光晴はしばらくベッドの中で、じっとしていた。寝汗で濡れた浴衣寝巻《ゆかたねまき》が徐々に肌を冷やしてくる。だが、動けない。

……不幸を生むことがわかっている人間関係に自分からのめりこんで行くことは愚かなことだ、しかし、と彼は枕に顎をのせる。……この三週間俺は欲求のままに行動してきた。そしてもう取返しのつかないほどの思いをあの娘にさらけ出してしまっている。あの娘も少なくとも俺の思いにはこたえてくれた。いやむしろ挑発的ですらあった。

そう思って顎をあげると、終始従順だった女の瓜実顔がまたもや脳裡に浮かんだ。ふくよかな頬を紅く染めて笑っている。もう二十五にもなるというのに、小娘のように笑いこける。あの若い肢体が俺のものになったら……、いや、と妄想を断ち切るように光晴は強く首を振った。もしかしたら俺は三千代の数多い情事に対抗するために、あの娘を選んだのかも知れない。身分も若さも三千代の情人《いろ》たちとはケタがちがう。それに、三千代はどの情人にも俺と別れてしまえるほど愛されたことはなかったようだ……。だとすれば、今回は俺がどれほど厚顔になれるか、それが勝負の分かれめだ……。浴衣寝巻をタオル地のパジャマに着替えてガウンを羽織り、光晴は、デスクランプを消して書斎兼寝室を出た。

中廊下の薄明りの中に煙草の煙が浮いていた。

それを見て、俺はついていた、と思う。もしこの家が焼けてしまっていたら、俺は無惨な戦後をくぐりぬけねばならなかったはずだ……いざとなると俺には意外なところから救いがあらわれる。その救いの天使《エンジェル》は今度はあの娘かも知れない。……それに、俺の運勢は十年単位で動いているようだ。とすると、あと六、七年、この幸運はつづくかも知れない。何もためらうことはない、思いきってやってみる……。厠《かわや》へ入って放尿した光晴は、手を洗って茶の間をのぞく。

三千代がテーブルに両肘《ひじ》を突いて煙草を吸っていた。食事をすませたあとらしく、食器が乱雑に並んでいる。目が赤い。

「また徹夜かね」

「ちょっと眠ったけど」

盛りをすぎた女の色香がいつの間にか威《い》のようなものに変っていた。光晴は両手で顔を拭って三千代の前に坐り、湯飲みに渋茶を注いだ。

「たまには骨休めしたらどうだね」

「気休めはいわないで」

「うん。僕に出来ることなら手伝ってやりたいんだけど、小説ってのはどうもね」

「遊ぶ暇がなくなりますからね」

「僕に小説が書けると思うかい」

「書けるでしょう。あたしに小説の手ほどきをしてくれたのはあなたなんですから」

「いや、それはちがう。僕は詩はゼニにならねえから小説を書いてみたらどうだっていっただけだ」

「あたしには詩は書けないと見切りをつけたわけですか。でも、金子光晴の最大の功績は森三千代を作家にしたことだって、世間ではいってるらしいわよ」

「勝手にいわせておきなさい。書いてきたのは三千代さん、あんたなんだから。あんたには作家としての才能があったわけだ」

「だから苦しむのは当然だというの。あたしもう三日もろくに眠ってないんですから」

「わかってる」

そのかわり恋愛の自由は認めてやってるじゃないか。ギョロリと目を剝いて、光晴は茶を注ぎ足した。

昭和十八年、『小説和泉式部《いずみしきぶ》』で新潮社文芸賞を受けた三千代はみるみる頭角をあらわし、戦争が終わると、いつのまにか流行作家の一群の中へ浮上していた。しかし、光晴のほうは戦後いちはやく抵抗詩人として認められはしたが、どれほど名声があっても、いくら書いても詩は金にならない。現に光晴はいつも素寒貧《すかんぴん》で、ちょっと外出するにも三千代のふところを当てにしなくてはならない。そのうえ、三千代のまわりには有名無名の男女がむらがっている。そのためか、心のどこかで彼女は光晴を軽んじていた。しかし光晴はこの家も三千代さんの稼ぎで買ったものだ、親子三人の生活をどうにか維持してゆけるのも彼女の働きのおかげだと思うともう何もいえない。ゆらりと三千代は椅子に背をもたせかけた。お櫃《ひつ》を引きよせて光晴は自分で飯《めし》を盛り茶漬にして掻《か》っこむ。箸を置いて何気なくいった。

「あんた何歳《いくつ》になったっけ」

「わかってるくせに。四十七よ」

「四十七で売れっ子じゃあ、大変だ」

「何をいまさら。あたしまだまだやるわよ」

そうでなくちゃいけない、しかし女は年齢に復讐される、とくに君のような女はね、と胸の中で呟いて光晴は立ちあがった。

「出かけるよ。ひと仕事終わったから」

「どこへ」

「そこら辺さ」

三千代の赤い目を煙草の煙が隠した。

光晴は納戸《なんど》に入ると丸首シャツのうえに木綿の襦袢《じゅばん》と鉄無地のセルを重ねて中廊下へ出た。三千代は庭の見渡せる八畳間の寝床の中に腹這いになっていて、足音を聞いて首をまわした。布団の下から百円札の束をつまみ出し、それをポンと光晴の足もとに放った。このころはまだ千円札は発行されていなかった。百円札を百枚束ねて銀行の帯封を巻かれた一万円の束が足もとに落ちたのを見て、光晴は目をあげた。

「お小遣いがいるんでしょ」

その顔に、はっきりと侮蔑の色が浮いているのを見て、この三週間、心の底にわだかまっていた光晴のためらいは消えた。


約束した時間に光晴は約束した場所へ行った。店内の薄明りを見渡して窓ぎわの椅子にかける。午後の斜光がテーブルのうえへ落ち、待つ姿勢になった光晴の顔に枯葉色の縞《しま》を映した。飾り棚にはこけし人形が三つとモデルシップが載せてある。

近寄ってきたウエイトレスに、コーヒー、といって光晴は信玄袋を開けてみた。札束の封を切って半分を財布にいれる。ヨーロッパで息もつけないような貧乏生活に打ちのめされたことのある彼は、金が入ったら半分のこす、という金銭哲学を身につけている。半分は二つ折りにして信玄袋の底に押しこんだ。逆光の中で令子の豊頬《ほうきょう》が揺れたような気がして、まばたきし、待つという時間のやり切れなさと苛立ちを押さえこむように目をつむる。

かすかに聞こえる街の喧騒が、もう引き返すことはできない、行きつく先がたとえ地獄であっても、あの娘《こ》となら一緒に行ってみる値打ちはありそうだ、と囁《ささや》き、窓明りが瞼《まぶた》の裏にまだらの翳《かげ》をつくる。足音を聞いて目を開けた。

京紫の矢絣《やがすり》の振袖に同色の袴《はかま》をつけ、南京繻子《ナンキンじゅす》の広幅帯をきつく締めた瓜実顔が、逆光の中に浮いていた。

「遅くなりまして」

椅子に坐って娘は風呂敷包みを膝に置く。髪が揺れ、伽羅《きゃら》が匂う。肥厚性鼻炎の鼻をうごめかして着物を見、帯を見て光晴はいかにも嬉しそうに鼻梁《びりょう》に皺を寄せる。

貧乏はしていても光晴は江戸日本橋馬喰《ばくろ》町で十五代もつづいた旅館、庄内屋の跡取り息子で通人《つうじん》といわれた金子荘太郎の養子として育った。物の値打ちはわかる。……同じ衣裳といっても、これほどのものとなると三千代さんには逆立ちしても買えめえ、買えたとしても似合いはしねえだろう……。光晴はいたずらそうにギョロリと目を剝いて囁いた。

「いい着物だね。似合うね」

「母のおさがりなんです」

「うむ」

「御殿衣裳なんですって」

話しているうちに、令子の母親ヤヱは読売新聞社の三代目社長高柳豊三郎の二女だとわかって光晴はまたおどろく。ヤヱが高柳豊三郎の娘ならば、彼は少年時代に何度もあっていたからだ。といっても淫らな関係ではない。港区麻布鳥居坂に屋敷をもっていた本野《もとの》一郎子爵の長男盛一郎と光晴とは暁星中学時代の同級生で、学校で机を並べていただけでなく、たびたび彼は盛一郎の家へ遊びに行っていた。そのころ、光晴より二歳年下のヤヱは本野家の娘分《むすめぶん》として鳥居坂の屋敷にいたので、二人は何度も顔を合わせていて一緒に遊んでこともある。ヤヱの父親の高柳豊三郎が読売新聞社の創立者の一人だった本野盛亭《もりみち》の甥であることも彼は知っていた。

だが、彼は良家の子女の典型といってもいい令子の素性におどろいたのではない。彼の心を揺さぶり動かしたものが、やはり、日本文化の伝統と血脈が生んだものだと知って、目を見張ったのである。とはいえ、彼の本性が伝統的保守的であったというのではない。戦後、反戦詩人、抵抗詩人として左翼からたてまつられはしたが、彼は戦前戦後を通じて、一貫して左翼でも右翼でもなかった。自分と詩の仲立ちをしたのは「天邪鬼《あまのじゃく》とセックスだ」といいきっているこの詩人は、あくまでも耽美主義的エゴイストであり、アナーキーともいえる自我主義者だった。現に、戦後まもなく共産党に入党する詩人作家が続出したころ彼は、「左翼でも右翼でも、権力に利用されコキ使われることに変りはねえ。俺は傍観者だ」と詩友岡本潤に語っている。しかもこのころ彼は、戦前から勤めていた会社《モンココ化粧品本舗》が営業不振に陥ったため、失職して定期収入を失っている。良家の子女とかかわり合う光晴の立場は複雑だった。が、しかし、何よりもまず彼は自分の欲求に忠実だった。

彼女の衣裳を褒め、髪型を褒め、ウエイトレスがコーヒーを運んでくると、

「この別嬪《べっぴん》さんにも同じものをひとつ」

といって彼は声を落した。

「このあいだいったことを覚えているかい」

「あのう、嘘のことですか」

「そうそう」

彼女はこの一週間考えつづけてきた通りの返事をした。

「嘘はつけません」

「どうして？」

「あたし、〝真実〟という言葉が好きなんです。それに子供のころから嘘をつくのは悪いことだと教えられてきました。でも……」

光晴の眉が寄った。

「でも何だい？」

「あのう……先生がどうしても嘘をつけとおっしゃるなら、あたくし……」

「うん。どうしてもその必要があるんだよ」

「それなら……」

　男ってどうしてこう単純なんだろう、女はみんな嘘つきで意地悪なのに、あたしだって先生がつけとおっしゃるなら、どんなひどい嘘でも平気でつくわ、と令子は俯《うつむ》いた。そんな彼女の心中を知ってか知らずか光晴は、

「僕らがね」

　と額《ひたい》を寄せるようにして囁《ささや》く。

「存分にしたいことをするには嘘でかためてゆくより手はないんだ。誰かに感づかれたら何もかもぶちこわしだ。それにです。嘘の善《よ》し悪《あ》しは自分で決めることで、他人《ひと》にあれこれいわれるような筋合いのもんじゃない」

　コーヒーが運ばれてきた。光晴の声が大きくなる。

「お砂糖いれる？　何杯？」

「二杯」

　光晴は令子のカップに砂糖を二匙《ふたさじ》いれて掻きまわしてやる。

「先生って優しいのね」

「うん。僕はまだ童貞だから」

「嘘！」

「ははあ、嘘だ、嘘。しかし嘘は人生の薬味のようなもんだからね。それに……」

　身をのり出すようにして光晴はつづける。

「何事も、何事もですよ、これが真実だといわれた瞬間から贋物に変ってしまう。おわかりか……。君は神秘的です。僕は君を愛しています」

「それも嘘？」

「いや。これはほんとだ。だから口に出したとたん、冷汗が出る」

　令子は頬を染めて俯いた。いつのまにか手を握られていた。

　膝頭で膝頭を押すようにして光晴は手のひらを撫《な》ぜ、指のつけ根に指先をいれてこそぐり、また柔かく握りしめてくる。令子は目をつむった。握られた手が温くなっ

てゆくのがわかる。やがて指先に心地よい痺れのような感覚が生れて、それが二の腕から腋の下、乳房のほうまでひろがってきた。

「僕は嘘つきだ」

と光晴は囁く。

「でも、君がいとしい。これはほんとうだ。この半月ほど僕が考えていたのは君のことだけなんだから」

二人の目が合った。光晴の瞳がきらめく。

「じゃあ、いいね」

令子は顫《ふる》えていた。背中が、腰が、血ぶくれしたようにヒリヒリ疼《うず》く。あたしは、と令子は思う。この人が好きなんだ、この思いに疚《やま》しいことは何もない。この人には妻子がある、でも、それとこれとは別のことだ。だから、今日は先生のいう通りにしようと決心して家を出てきたのに、それなのに、手を握られただけでもう顫えている、もっと強くならなくちゃ。令子は握られた手を握り返した。

温い手に力がこもって指が指からほどける。嗄《しゃが》れた声が聞こえた。

「出ようか、二人っきりでもっと気楽に過せるところがあるよ」

令子の頸《くび》筋が逆光をあびて茜《あかね》色に染まる。


街は雑沓していた。

都区内の大半が焼け野原と化した東京の街は盛り場だけが、あっというまに人びとでふくれあがり、砂塵の舞う砂漠の中の市場《スーク》のようなありさまとなった。新宿とて例外ではない。路の両側に露店がひしめき、闇屋や香具師《やし》、飢えて疲れた人びとが群り集ってきて、夜ともなれば、毒の花のようなネオン看板が乱れ咲く。物売りの声に怒声が混り、犬が吠え、ジープが砂塵をまきあげて走りぬける。沸き立つような埃と人いきれの中を光晴はチビた下駄を鳴らして歩いて行く。傷痍《しょうい》軍人の弾《ひ》くアコーデオンのもの悲しいメロディーが風にのってくる。派手な振袖衣裳を身につけて金襴《きんらん》の帯をしめた令子を見て、路上に停ったスモーク・グリーンの幌《ほろ》をつけた進駐軍のトラック部隊が口笛を吹く。彼女は風呂敷包みをかかえて身を縮めるようにして歩く。

伊勢丹横の十字路まで行くと、街は四谷から市谷あたりまで見通せるような焼け野原となり、戦争半ばまで遊廓として栄えた街と地つづきの一画が何軒か離れ小島のように焼けのこっていた。

光晴は小路から小路へ入り、焼跡をひとめぐりしてまた表通りへ出ると、飛騨《ひだ》白川郷の合掌造りのような大きな三階建ての店先に立って、四枚ガラス入りの古ぼけた板戸をコトコトと叩いた。返事はない。それでも戸口には旅館の看板がかかげてある。

「ここはね、むかしの料亭でね、戦争がはじまると出征兵士を送る人たちの宴会で、そりゃあ賑やかなもんだった。日が暮れるともう三層の軒に吊された提燈に灯が入って、酔っぱらって歌い、踊り狂う人たちの影法師がどの階の障子《しょうじ》にも映ってたもんだよ。そんな時代もあっというまに終わっちゃったが……」

そういいながら光晴は何度も戸を開けようとして手と腰に力を入れたが、開かない。それでは、と手に唾をつけ両肢《あし》を踏んばって、やうやく彼は四枚戸の一枚をひき開けた。薄暗い土間に立って甲高い声をあげ、何度も手を鳴らした。しかし返事はない。不意に右手の障子が開いて女が顔を出した。じろりと光晴を見た目が令子に移る。そしてまた意地悪そうなその目は光晴に戻った。

「お休みですか、お泊りですか」

「ちょっと休ましてもらいます」

「この時間じゃ、何もできませんよ」

「茶でもあれば結構」

女はものも言わずに背を向けた。光晴は振り返って俯いていた令子の肩を抱く。

「あがろう。別に怖いところじゃない」

幅の広い廊下の突きあたりに暗い階段が見えた。上《あが》り框《がまち》のわきに大きな姿見がとりつけてある。女が、こちらです、というふうに歩きだした。令子は光晴に抱きかかえられるようにして廊下を歩き、階段をのぼって行った。

磨けば黒光りするような長年月をかけて拭きこまれたと

思《おぼ》しい廊下も階段も埃だらけ塵《ちり》だらけだった。スリッパもない。覚悟してきたとはいえ、この荒涼たる場所が、いっときではあるにせよ、二人の愛のはじめての巣になることに令子は、身のすくむような情なさを覚えた。

二人は三階の一番奥の小部屋へ通された。防空用の黒い蠟《ろう》引《び》き布のカーテンが引いてあって、部屋は薄暗い。令子はあたりを見回した。部屋は六畳で押し入れの手前に夜具布団がひと組、敷いてある。そのほかには折畳み式の小さな卓袱台《ちゃぶだい》がひとつと姫鏡台、それに、座布団が二枚あるだけだった。降りて行った女が急須《きゅうす》と茶碗を二つ、盆にのせて運んできて、用事があったら柱の釦《ボタン》を押して下さい、といいのこして出て行く。光晴はカーテンを開けた。出窓の向こうから街のざわめきが聞こえた。日暮れにはまだ間のある青みがかった空をヘリコプターが飛んでいた。卓袱台の前に坐って光晴はいった。

「ここへお坐り」

風呂敷包みを部屋の隅へ置いて令子は光晴の左手に坐った。あたりは深閑としていて、足音も人の話声も聞こえない。光晴の手が令子の手を握った。もう一方の手が肩にまわる。古畳に手を突いた令子の顔に唇を寄せて光晴はいった。

「もう何もいうことはないね」

頷いた令子を抱きかかえて光晴はしばらく動かなかった。もう何もいって下さらなくてもいいのよ、と令子は目をつむる。手首が顫えた。光晴の手に力が入る。唇が唇に重なる。令子は思う。何て乾いた唇だろう。光晴が何か囁いた。が、もう令子には聞こえない。かさかさの唇が鬢《びん》を這《は》い、髪の生えぎわにもぐりこむ。手が裾《すそ》を割った。身を縮めて令子はいった。

「脱ぎます、先生、あたくし」

四つこはぜの白足袋を脱いで令子は立ちあがった。帯止《と》めを解き、赤い絞りのしごきの結びめをほどいて身をひねる。能面散らしの綾の帯がゆるゆると解けて、曙染めの長襦袢《じゅばん》を重ねた縮緬《ちりめん》の下着が紅絹《もみ》を返して、ふわりと落ちる。埃の浮いた斜光の中に白々と痩《や》せた二十五歳の女の肉体が浮き立った。

光晴は立ちあがってよろめく。角帯を解いて素裸になった。肌と肌が無言でからみ合う。熱い手が令子の頸筋をさすり肩を撫ぜ背中を這い臀部まで降りて、柔かい肉のふくらみをいとしそうに撫ぜる。

「痩せてる」

感にたえぬように光晴はいった。

「痩せてる。……寒くない？」

令子は首を振った。

「でも、あっちへ行きましょう」

鼻梁で男の胸をこすり肩で布団のほうへ押す。羞じらう女体となまめいた媚態を脳裡にえがいて光晴はここまできた。しかし令子には羞じらいも媚《こび》もなかった。まるで無垢《むく》の幼な児のように夜具布団のうえに横たわり、目をつむって、両手を脇腹に押しつける。しかも、その裸にはどこにも二十五歳の女の膨らみはない。肩も肋骨も座骨もわずかな脂肪におおわれて浮きあがっていて、それでも恥丘には年齢相応の漆黒の毛がむらがりよじれていた。しかし肌は静脈の網目が透けて見えるほど薄く白い。光晴はため息をもらして叢《くさむら》に触れ、恥毛を掻き立てながら肌を寄せて囁いた。

「きれいだ。白い。一点のしみもない。ウサギ。君はウサギだ。僕の可愛い白ウサギ」

「あたしがウサギですか」

頷いて光晴は乳房を揉み、脇腹へ指をすべらす。

「くすぐったい」

「黙って。目をつむって。さあ、手肢の力をぬいて」

「先生」

「ふむ」

「寒くない？」

「余計なことを訊かなくてもいいよ。さあ肢をひらいて」

そこは熱かった。だが乾いていた。光晴は急須の渋茶をひと口すすりこむと、唇をそこへ当てがって濡らした。

「何やったんですか？」

「呼び水だよ。このほうが手っとり早い」

令子はおどろいて身をよじる。乾いた指先が乳首をつまむ。半白の髪が上下し陰窩《いんか》がくぼむ。太股の筋肉が締まり、肢が開く。しかし令子は腹部に力を入れているだけで声もあげない。これは生娘《きむすめ》か？……光晴は内部をさぐってみた。花弁が少し膨らんでいるだけで粘膜には成熟した女のもつ張りもぬめりもない。花芯は鴇《とき》色に近いバラ色だった。

やれるだけのことを光晴はやってみた。が、令子はわずかに身をよじるだけで、唾液で濡れた蛞蝓《なめくじ》のような舌がからだ中を這いまわっても、かすかに腹部が波うつだけだった。これは徒労に近い、と光晴は頸《くび》をあげた。痩せたからだからは想像もつかない豊頰のぽってりとした唇の間から白い歯がのぞいて消えた。

「どうしたの」

と光晴は訊いた。

「だってえ」

首をあげて令子は光晴の股間に目をやって、

「先生のもの、おかしいんですもの」

クックックッと笑った。

皺だらけの突起が陰嚢《ふぐり》の中へ埋もれていた。おやおや、と光晴は立ちあがった。この痩せたからだの無反応のせいではないだろう、どこかで欲望が理性に制圧されてしまったのだ、と思う。息んでみたが駄目だった。欲望は消えていた。

「もうすんだの」

光晴は膝を突いた。自分の股間が変に生臭く思える。しかし失敗したとは思わなかった。令子は両手で恥部を隠して微笑《ほほえ》む。枕もとに置いてあったタオルで光晴は丹念に令子の肌を拭いてやった。脇に寝ころぶと、令子が肌を寄せてきた。唇に唇を押しつけ、背中に手をまわし、肢に肢をからみつける。彼女は悔《くい》もうしろめたさも感じなかった。からみつけた肢が心地よい。

これでいいんだ。あたしはもうこの人をはなさない。

そう思うと詩人として世に出るよりも、この人の傍にいつまでもいられるほうがはるかに幸せだと思えてきた。不意に肌寒さを感じて顫えた。目のはしで天井を見た。雨漏《も》りのしみがいくつもできている。部屋の隅には蜘蛛が巣をかけている。背中が寒い。畳は焼けこげだらけだ。

令子は光晴の頰に頰をおしつけて訊いた。

「着物をきてもいいですか」

光晴は令子の唇を吸った。すべてが儀式のように執り行われた。これでいい、と立ちあがった白い裸体を見て光晴は思った。

部屋の隅から令子は風呂敷包みを抱えてきた。結びめをほどき、パンティを取り出してはく。靴下に肢をいれて、あっというまに洋服姿に変った。服はまっ赤なクレードド・ドゥ・シンのワンピースだった。光晴は目を丸くしていった。

「おどろいたね。着替えを持ってきたのか」

令子は姫鏡台の前へ坐って、

「殿方から愛を告白されたとき、はじめて女になるときは殿方のいうことをよく聞いて、終わったら新しい着物を身につけなさいって、母にいわれていました」

といって肩をすくめた。

男はいつも引っかけたつもりで引っかけられているものだ。しかし、そのつもりでやってきた女のあっけらかんとした物いいに光晴は、この愛の行く先を思って暗然とした。

新宿の空は夕焼けどきの茜色から濃い紫に変りつつある。光晴は膝を叩いて立ちあがった。出窓に腰をおろして思う。母親が高柳豊三郎の娘のヤヱなら、この娘も旧華族のサロンに迎えられていたはずだ。とすれば、もし戦争がなかったら、いまごろは、将来を見こまれた外交官や華族の御曹子、あるいは、金持の道楽息子と結ばれていたろう。しかし、そうした権威も、それをたてまつっていた人びとの社会も、今はもうない。だが、世の中はほんとうに変ったのだろうか……。令子はワンピースの色に合わせたハイヒールまで用意してきていた。着物を手ぎわよく畳んで彼女は古畳に三つ指を突いて、

「どうぞ末長くよろしゅうお願いいたします」

と頭を下げる。

光晴は何かに化かされたような気持でパンツをはき、丸首シャツに首を通した。令子が襦袢をはおらせ着物を

きせて帯を結んでやる。このときから、たしかに何かがはじまった。光晴ももうひとときの前の遊び半分の光晴ではなかった。それに気づいて、この敏感な詩人は、もしかしたら俺の半生は変るかも知れないと思えるほどの感動で目が眩《くら》み、令子に手を引かれて広い階段のてっぺんまで連れて行かれたのにも気づかなかった。

夕焼けは黝《くろ》ずんでいた。舗道は埃にまみれ、アスファルト道はでこぼこだった。米軍のトラック部隊は相変らず同じ場所に並んでいた。令子は腕に腕をからめて寄りそってきた。重いだろう、と光晴は風呂敷包みを抱えてやる。さきほどの目眩《めまい》を思い出して、乾いた唇を舐め、首をかしげた。

「俺は喘息《ぜんそく》が持病でね、これから梅雨《つゆ》にかけてがいけねえんだ」

「大丈夫。あたしがいるから」

それに癲癇《てんかん》もあるといいかけて光晴は口をつぐみ、しばらくして別のことをいった。

「さっきはあれでよかったの」

「あれって？」

「僕は勃起しなかったんだよ」

「疲れていたからでしょ」

「それもある。しかし役に立たねえ男はがらくただ」

「いいえ。そうは思いません。あれは一時的なものだと思います。そんなことをお気になさるんでしたら、あたし今夜は一人では帰れません」

「いや、参った。じゃあ今夜は家まで送って行こう」

「うれしいッ」

令子はからんだ腕に力を入れ肩に頰を押しつけてくる。風呂敷包みを取り落しそうになって光晴はあたりを見まわした。新宿から令子の家のある大岡山までは一時間ほどかかる。すでに街はネオンの海だ。駅の近くで食事をして二人は電車に乗った。

大岡山の駅前はがらんとしていた。送ってきてやってよかった、と光晴は思った。人通りもまばらな商店街をぬけると生垣や石塀のつづく住宅地へ出た。若葉の香りが澱《よど》んだ水のようにあたりに漂っている。小路をいくつか曲った。「もうすぐよ」と令子がいった。「あの欅《けやき》の木の向こう。駅から八分」。満天の星の下で欅の巨木が大きく枝をひろげていた。光晴は下駄を鳴らして歩いた。路脇の板塀のうえから、三椏《みつまた》の黄色い毛糸玉のような花がのぞいている。

「静かな街だね」

と光晴はいった。

「ほら、あそこよ」

数メートル先に生垣にかこまれた二階屋があった。電車の中で令子が『父と母は去年、佐賀の田舎へ帰っちゃったから、いま家にいるのは、きょうだいだけなの』といったことを思い出して、光晴は、じゃあ、と風呂敷包みを令子に手渡した。

「今夜はここまで――」

「いやッ。今日は帰さない。あたし今日は帰らないつもりで出てきたのよ」

おどろいて光晴は足踏みした。

「そりゃあ無茶だ。ね、いったろ、嘘をつけるかって」

「それは奥さまにでしょ。あたしはもう何が起きても平気。それに家《うち》のものはもうとっくに眠っちゃってるわ」

「ふむ」

今日はここで帰るのが順序だ、と思ったとたん不意に生来の天邪鬼根性が目を覚し、できるかできねえかわからねえが大川内家を丸ごと抱えこんでやれ、と光晴をそそのかした。

「わかったよ、ウサ公。今夜は泊ってくよ」

「うれしいッ」

令子が抱きついてきた。風呂敷包みが足もとに落ちた。門扉にも玄関のドアにも錠はかかっていなかった。迎えに出るものもいない。七間《ま》あるという家の二階の奥の八畳間へ通されると光晴はごろりと横になった。疲れていた。窓から差し込む月の光が家具調度を薄闇の中へ浮きあがらせている。鉄金具をびっしりと打たれた黒光りのするような古箪笥が二つ、壁にそって並べられていて、大きな姿見が窓ぎわに置いてある。どちらも母親の嫁入道具だろうが、それらの古道具がまっ赤なワンピースを着た令子によく似合った。しかし贅沢な部屋ではない。令子は布団を部屋のまん中へ敷いて唇に手を当てた。

「大きな音を立てなければ大丈夫」

浴衣寝巻を手渡し、シーツを敷き、大きな枕を置いて、大きな声を出しては駄目よ、と念を押す。光晴は勃起した。二十九も年齢のちがう、まだ少女のような女に欲情したという疚《やま》しさ、神経の緊張を令子の優しさがほぐしたのだろう。二人は夜具の中へもぐりこんでまた抱き合った。が、しかし彼女は相変らず燃えなかった。いえばどんなことでもするのだが、汗ばみもしない。ただ、唇を吸うと烈しく応えた。舌に舌をからみつけて唾液をすすりこみ、肢を肢にからめて下腹を押しつけてくる。やがて、光晴は射精した。シーツのうえに腹這いになる。からだ中が汗ばんでいるのに気づいて顔をあげる。どこかで犬が吠えた。開け放されたカーテンの向こうで木蓮の葉叢《はむら》が揺れている。令子はいつのまにか寝息を立てていた。

乱れた髪に縁どられたその顔をのぞきこんで、光晴は、ああ似ている、と思った。頬のふっくらとした瓜実顔が妻の三千代にそっくりに見えた。光晴は枕の端に顎《あご》をのせて目をつむる。まだ少女のような令子をひとめ見て魅惑された理由がわかったような気がした。むかしの状景が瞼《まぶた》に浮かぶ。

三千代は光晴の処女詩集ともいえる『こがね蟲《むし》』に魅惑されて光晴の家を訪れた。大正十三年、光晴が三十歳、三千代が二十三歳の春のことである。彼はひとめみて彼女に魅了された。しかし彼女は彼と会う前、すでに詩人の吉田一穂《いっすい》と関係があった。そのため、一年の猶予期間をおいて、翌大正十四年二月十日二人は結婚、ひとり息子の乾《けん》があくる月の三月一日に生れた。しかし、三千代は乾が三歳になったときはもう当時東京帝大の美学の学生だった土方定一《ひじかたていいち》と恋に落ちていた。光晴は苦悩した。彼が三千代をつれて、昭和二年九月からおよそ五カ年にわたる東南アジアを経てヨーロッパに至る放浪の旅に出たのも、三千代を土方から引きはなすためだった。しかし、この旅は行く先々で光晴の特技である絵を描いては売って、また次の土地へ行くという無銭旅行に近い惨憺たる旅だった。それでもヨーロッパまでどうにか辿り着いたが、フランスでは他国人の国内での労働を禁じていたため、光晴はついに窮した。そこで彼は旧知を頼ってベルギーのブリュッセルへ、三千代はアントワープに仕事を見つけて別れてゆくのだが、このとき彼は、独りになれば女は男より生きやすいという理由で、三千代の籍をぬいて二人は法的には他人になる。しかし、このときどういう話合いがあったのか不明だが、昭和七年、二人は相ついで帰国すると、他人のまま同居し、やがてヨーロッパ放浪の旅に出たとき、三千代の実家へ預けておいた一人息子の乾をつれ戻して親子三人で暮らすようになる。しかし、それからも三千代は光晴が知っているだけでも作家の武田麟太郎《りんたろう》、中国軍人で戦後は台湾政府の高官となった柳 先明《りゅうせんめい》をはじめとして、五指にあまる男たちと恋愛まがいの交情を重ねた。しかも、パリ時代からのさまざまな情事を彼女はぬけぬけと小説に書いて発表するのだ。光晴の彼女に対する愛情は屈折し、ささくれ立って、いつのまにか二人の関係はただ単に別れることで清算できるような単純なものではなくなっていた。そういうところへ令子のような若い娘が現われたのである。心を動かされないほうがおかしい。

　寝息を立てている令子の陰窩に光晴は触れてみた。裂目をわけた花弁をつまむと、眠っているはずの令子の手が頸にまわった。肢が肢にからんできた。光晴は令子の薄いからだを抱きしめる。いとしいと思う。階下で誰かが咳こんでいる。光晴は耳をすます。咳がやむと風の音が聞こえた。令子が寝返りを打った。眠ろうと光晴は思った。が、眠れなかった。妄想が妄想を生み、ついに不眠の夜が明けるのを怖れて光晴は布団をぬけ出す。信玄袋からブロバリンのケースを取り出して、あたりを見まわした。座卓の上に茶櫃《びつ》が置いてあり火鉢《ひばち》に鉄瓶がのっていた。触ってみると冷い。光晴は冷えた水でブロバリンを三錠のみ下して寝床に戻った。柱時計が二時を打った。

いつの間にか光晴は眠っていた。誰かに名を呼ばれたような気がして目覚めた。令子が枕もとにいた。ズボンにセーターという姿で前掛けをしめている。

「ご飯よ。おなか空いたでしょ。もうお昼よ」

「ああ」

とこたえて光晴は伸びをした。

「さあ起きて。姉と兄、それに弟に紹介しておきますから」

枕もとに着物と襦袢がたたんであった。きょうだいか、面倒なことになったな、と光晴は思ったが、しかし、慌てなかった。令子にタオルを持ってこさせて、からだ中の汗を拭い、着物を着て階下の食堂へ降りた。

令子にどんな話を聞かされたのか、テーブルに向かっていたまだ二十代と思える三人の男女が椅子の脇に立って、姉の房子でございます、兄の洸蔵《こうぞう》です、弟の尚二《しょうじ》ですと自己紹介した。光晴は、金子です、これからもお世話になります、といってすすめられた椅子に坐って、われながら妙な挨拶だと思った。令子がつくったという昼食はカレーライスだった。三人とも容貌から雰囲気まで令子とよく似ていた。光晴はよく喋った。しかも彼の話はいつも人の意表をつく。東南アジアでは洗面器は食物のいれものにも便器にもなるとか、サトウ・ハチローの魔羅《えてもの》は普段は二握り半、いざ鎌倉というときは一尺を超えた、ほんとうですよ、などと目を丸くしておどけてみせ、コーヒーが出るころにはもうこの三人のきょうだいと旧知のように打ちとけていた。

食事が終わると、光晴は、ちょっと出てくる、といって下駄をはいて表へ出て行った。二階の八畳間に信玄袋が放り出してあったのを思い出して令子は機嫌よく送り出した。しかし、あっというまに光晴は戻ってきた。二階の八畳間に入るなり信玄袋から財布をつかみ出して令子にいった。

「さあ外出だ。下着を取り替えて。服を着て」

令子は突然何だろうと思ったが、いわれた通りに新しい下着を身につけ、ワンピースに着替えて光晴のあとについて行った。彼女の家から三、四分ほど大岡山の駅のほうへ歩いて行ったところに産婦人科の病院がある。そこまで行くと光晴は彼女にいった。

「ここだ。なに、すぐ終わるよ」

「どうしたの、一体？」

令子は尻込みした。その耳もとに口を寄せて光晴はこういった。

「わけは先生にちゃんと話してあるから、素直に先生のいうことをお聞き」

わけがわからなかったが、令子は、しぶしぶ、光晴のあとについて行った。

令子は恥かしい診察をうけた。白いカーテンの向こうから二人の声が聞こえた。

「何でもないじゃありませんか。ちゃんとした大人ですよ。問題は何もありません。赤ちゃんだって、ちゃんと生めるからだです」

「そうですかあ」

何だ、馬鹿らしい、と令子は思った。が、何もいわずに病院を出た。光晴が追いついてきた。

「ウサギは仔ウサギじゃないってさ」

「そんなこと調べてもらったの」

「まあそうだ。あとは時間の問題だとさ」

「何がですか」

「感度の問題だよ、ウフフゥ。うんと励もうな、ウサギ」

二人は顔を見あわせて笑った。


（後略）

エッセイ集『現代詩読本3　金子光晴』より
（思潮社　一九七八年）

大阪の宿

金子光晴との最後の夜

昭和五十年四月二十四日、この日、金子光晴先生は大阪の中の島公会堂で催された珍妙なショウに出演した。その夜のことである。舞台での先生は楽しげであり、活躍もしたのだが、この日は、その後がよくなかった。

主催者側に手違いがあり、金子光晴一座は、当夜、泊る予定だった大野屋という宿には泊れず、あちこちウロウロしたあげく、このあくる日、京都で行われた田辺聖子氏との対談のために東京から同行してきていた週刊P誌の編集子の厄介になって、ようやく大阪ロイヤルホテルに部屋が見つかるというていたらくで、この間、食事時間を含めて、街をウロウロすること五時間余、ロイヤルホテルの部屋に入ったときは、もう十一時をすぎていた。

先生は、一行には疲れた顔は見せなかったが、ぼくら二人に当てがわれた部屋に入ると、早速、ベッドにごろりと横になって、

「今夜は、おれ、風呂はいいから」

といった。

ぼくは一行六名とまた階下のバーで飲む約束をしていたのだが、このときの先生の様子を見て、飲みに行くのは、止すかな――と思った。飲むのを諦めるのはちょっと辛かったが、先生のからだも心配だった。しかし、十分ほどすると先生はベッドから降りて、ホテルの浴衣に着がえ、またベッドに上って、きちんと正座して、ブロバリンを三錠飲んだ。このときの先生の様子はもういつもと変らなかった。それで、これなら大丈夫だろう、今から眠れば疲れもとれるだろう、ここしばらくの間、か

らだの調子もよかったし、と思ってぼくは、じゃあ、ちょっと下へ行って飲んできますから——といった。ウン、と先生はうなずいて、毛布の中へもぐりこみ、ニコリと笑った。そのとき、P誌のU嬢が、みんな集ってるから——と迎えにきた。

バーに降りて、みんなと飲んでいると先生のからだのことも忘れていられた。しかし、それもしばらくのことで、やがて、部屋に入るなり、ごろりとベッドに横になった先生の姿が瞼の裏でちらつきはじめて、ぼくは変に落ちつかなくなり、パーティは一時間ほどで切りあげて、部屋に戻った。

先生は眠っているようだった。しかし、寝息は聞こえなかった。ナイトランプの淡い光が先生の顔の上へ落ちていて、いつも肩に担いで歩いている模造革の鞄は枕もとに置いてあった。カーテンが、七、八糎ほど開いていて、鈍色の夜空が見えた。何か書きものでもしていたらしく、部屋のまん中にあった丸テーブルの上に、ホテルの名入りの書簡箋と封筒が散らばっていて、万年筆が封筒のわきに、ころがっていた。

あのまま眠ってしまわなかったことはたしかだ、とぼくは思った。金子光晴には、旅へ出ると、友人知己に手紙を書くという癖がある、今夜も書いたのか——そう思って見ると、目はつむっていても、空寝のようにも思えてくる。しかし、目をつむってしまっている先生に、一体何をしていたんですか——とは訊けない。ぼくは風呂に入ることにした。

旅に出ると、ほとんど一日中飲みつづけているぼくには、就寝前の風呂は欠かせない。湯に充分つかって、汗と一緒にアルコール分までぬいて、きまりをつけておかないと、あくる日がこたえる。二日酔で目がまわっていたのでは仕事にならない。しかも、このあくる日には、田辺氏との対談がひかえていた。初対面の両人の間にはさまってぼくは、不自由な先生の耳のかわりを勤めなければならない。記事をまとめるのもぼくの仕事だ。二日酔では勤まらない。それで、この夜のぼくの風呂はいつもより長くなった。

まず、じっくり浴槽に首までつかって、汗と一緒にサケをぬき、それから洗い場に出て髪を洗い、歯を磨いて、また十分ほど湯につかって、残りのサケをぬき、とはいっても、完全にぬけてしまうわけはないのだが、また洗い場に出て、髭を剃っていた。

そのときだった。ふっ、と異様な気配を感じて、ぼくがドアの方を見たのは。

閉めておいたはずのドアが、五、六糎ほど空いていた。ギョッとしてぼくは腰を浮かした。その五、六糎ほどの隙間から、先生が覗いていた。しかも、その目には、言葉では何とも表現しようもないような異様な光が浮いていた。そういう目で先生は、じっと裸のぼくを睨んでいた。ぼくは何もいえず、先生を見返していた。先生の浴衣の前は、はだけていて、パンツが見えていた。ぼくは動転していたのだろう、このときの先生がどんな柄のパンツをはいていたか思い出せない。先生は嗄れた声でいった。

「怖い」

ぼくは反射的にこたえていた。

「何が怖いんです?」

先生はこたえず、顔を引っこめた。黄色いシャワーカーテンと開けられたままのドアの隙間から見える薄闇が無気味だった。何が怖いんだろう——ぼくは急いで髭を剃り、水をかぶって浴室を出た。

先生はもうベッドに入って毛布にくるまっていた。

「具合が悪いんですか?」

と訊いてみた。

「いや、何、何でもねえ。あんたももう寝なさい」

先生は、ぼくを呼ぶとき、あんたとおのしを使い分ける。

おのしという呼び方は、先生の生れ故郷、愛知県海部郡一帯の地語で、目上のものが目下のものを呼ぶ場合に使う二人称だということは後になってわかったことだが、二人だけのときに先生が、ぼくのことをあんたと呼ぶときにはロクなことはない——という程度のことはわかりすぎるほどよくわかっていた。心臓の発作が怖いのでなければ、何かまた屁理屈をつけて、からんでくるにきまっている、何にしろ今日は手違いが多すぎた、おれの責任じゃあねえけれど、それとも、深夜、女性が迎えにきて、一人にされたのが癪にさわったのか、とすれば、さわらぬ神に祟りなしだ——ぼくは浴衣を着て、ティーテーブルの上に乗っていたポットを、わざわざナイトテーブルの上まで持ってきて、コップに水を注ぎ、ベンザリンを三錠、先生にも飲んだとわかるように、大袈裟に顎を上げて呑みこんで、一度胴奮いしてみせてから、ベッドに入った。

いつもなら、これで眠れるはずだった。しかし、この夜は、なぜか眠れなかった。あたりが変に静かだった。先生は身動きもしなかった。いつもの夜とは、その気配まで違っていた。それがこちらに伝わってきた。室内燈は消えていた。しかし、玄関ホールの明りはつけておいたので、ベッドの裾の方は明るかった。横を向けば、先生の寝顔も見える。ベッドとベッドの間は、一米も離れていない。ナイトランプもついていた。しかし、ぼくは横を向かなかった。横を向けば、先生は何かいうだろう——そういう感じだった。深夜、耳の不自由な老人と大声で話すのはくたぶれる——苛々するほど緩慢にときは流れて行った。先生が眠っていないのは気配でわかる、だから、おれも眠れないんだ——。突然、先生がいった。

「どこへ行ってたんだ、おのし」

おのしという言葉を聞いて、ほっとして、ぼくはこたえた。

「飲んできたんですよ、バーで」

知ってやがるくせに——。

「フム」

しばらく沈黙があった。やがて、先生はいった。

「おれはずっとここに一人でいたんだろうか」

ああ、また始まった——とぼくは思った。これは先生が駄々をこねはじめるときの常套句だった。最初は、このときから三年ほど前、横浜へ行ったときの東横線の電車の中で……、昭和四十八年、鳥羽へ向かう近鉄のグリーン席で……、思い出せばきりがない。ぼくが口をつぐむと先生は、ふっ、と何気なく始めるのだ。ぼくがお喋りだという事実は自分でも認めているが、ぼくのようなお喋りでも、耳の遠い老人と長時間、喋っていると疲れる。そこを先生は狙うのだ。

鳥羽へ行ったのは、稲垣足穂氏と田中小実昌氏との鼎談が京都であった七月の三十日のことだった。近鉄に乗ってから、喋りつづけだったぼくは、喋り疲れて、弁当を使い出した。ウイスキーをラッパで飲みながら。先生は黙って、窓の外を眺めていた。そして、突然、こう始めたのである。

「どこへ行くんだっけ、これから」

「鳥羽ですよ」

「鳥羽のどこだ」

ぼくは連日の酒で参っていた。それで気が短くなっていたのだと思う。前の席の客が振り向くような大声でいった。

「知るもんですか。鳥羽へ行こうといったのは先生ですよ。鳥羽に親戚があるから、鳥羽へ行こうっていったんですよ、先生は」

「酔っ払ったのか、おのし」

「酔っ払っちゃいません。稲垣さんのところじゃ、ちょっとやりましたが、あれはあれです。この電車に乗ってからは、まだ、これ一本空けていないんですから、ホラ」

とぼくはダルマの小瓶を窓の光に当てて、中味をすかしてみせた。

「フーム」

と先生はいった。

「イナガキさんとこね？　そんなとこへまた何しに行ったの？」

仕方なくぼくはその日の一部始終を説明した。

「ああ、そう」

と先生はいった。

「おれは近ごろ、ふうーっと何もかも忘れちまうときがあるのね、今もそうだ。今、おれは一体どこへ行ってたんだろう」

「空へでも昇ってたんでしょう」

といって、ぼくは黙った。

何かやり切れなかった。淋しかった。しかも、空へ――などといってしまったから、淋しかったのではない。ぼくは空が好きだ。子供のころは、空に浮かんでいる雲を見て、何度あの上で昼寝がしてみたい――と思ったことか。今でも、夕焼けを見ると、鼻の穴がツンとしてくるし、朝焼けを見ると、何か不吉な感じがする。雲の上は寒いだろう――と思う。もしかしたら、凍えてしまうかも知れない。一旦、眠りこんだら、もう決して目覚めることはないのかも知れない。しかし、その眠りは気持いいだろう、そういう雲の上へ先生が乗れるんなら、結構毛だらけだ――とこのときは思っていた。列車はキーキーいいながら鳥羽へ向かって、突っ走っていた。

それから二年たっていた。先生は変に静かな部屋で、毛布にくるまって天井を見ていた。その寝姿から漂い出してくるような異様な気配も依然として消えていなかった。今夜はおかしい――とぼくは思った。一体、これからどういうことになるのか――ぼくは、そっと横目で先生を見た。また先生がいった。

「どこへ行ってたんだろうな、おれは」

「手紙を書いてたんじゃないんですか」

「いや、書かない」

「しかし、テーブルの上にペンが出ていますよ」

「フーム」

「本当に覚えていないんですか」

「覚えていねえんだ……。何か風が吹いてたような気がするが」

そういわれて、ぼくは、ああ！　と思った。いわれたとたん、ぼくにもたしかに、風の音のようなものが聞こえたからだ。しかし、それは、天井の隅の錬鉄の格子のはまった長方形の穴から吹き出していたエアコンの風の音だった。あのかすかな音が、この部屋の変な静けさの原因だったのだ、なぜ、おれは、あれに気がつかなかったんだろう。聾のはずの先生にさえ聞こえたというのに――と思ったとたん、ぼくは、ぶるっと震えた。

この人のいってることは本当だ、ただぼくを困らせるために、何もかも忘れてしまう、どこへ行っていたんだろう、などといっているのではない――と思った。

金子光晴という詩人は、もう何年も前から、この世とあの世を往復していたのではないか、さっきのあの異様な目の光は――あの世から戻ってきたばかりのヒトのものではなかったか――怖い、といったときの声の色を思い出して、ぼくはまた震えた。

ぼくもときたまあの世の風景は見る。しかし、それは雲を見るときのような甘美な感傷をともなったものではない。ぼくの見るあの世は、地べたに、石と骨が、ころがっているだけだ。その骨も、やがては泥になる。ぼくにとって死とは、骨であり、石であり、泥である。その上を暗黒がおおい、冷たい風が吹いている――。

「先生」

とぼくはいった。

「本当に手紙は書かなかったんですか」

「ウン」

「本当に怖かったんですか」

「ウン」

ぼくは煙草を吸おうとして、止めた。煙は喘息によくない。こんなところで、発作を起こされて、本当に逝ってしまわれたんじゃあかなわない。この世には、いつまでも腰かけていられる椅子はなくても、本当に死なれちゃ困る。この人は陰から陽へ、また陽から陰への転換のはげしい人だ、こういう人は突然、死ぬものだ、予告なしに……、今夜は大丈夫だ……。

「心配しなくてもいいよ」

とまた先生は、ぼそりといった。

「おれが死んだら、あと片づけだけしてくれればいい。金はあるんだから」

「はあ?」

「あるんだよ」

と先生はいった。

「鞄の中に入ってる。二百万」

「二百万?」

「うん。嘘じゃないよ。見せようか」

「いや」

とぼくはいった。

「結構です。もう眠りましょう。明日は早いんですから」

もう二つばかりベンザリンを飲もう、とぼくは思った。

「先生、今夜はもう二粒ほどブロバリンを飲んだらどうですか。早く眠らないと、明日バテますよ」

「うん」

といって、光晴は身を起こした。

ブロバリンを二粒とり出して、コップを持った。ぼくはポットの水を注いでやった。

いつの間にか、あの異様な感じは消えていた。あれは錯覚だったのか——とぼくは思った。ぼくもベンザリンを二錠飲んで目をつむった。

あくる日はいい天気だった。車で京都へ向かった。田辺氏との対談は成功だった。先生は一日中冗談をいってみんなを笑わせていた。昨晩は、まんまと一杯くわされて、楽しまれてしまった、とぼくは思った。死後、そうではなかったとわかるのだが……。

解説

金子光晴がもっとも愛した弟子

桜井滋人小論

竹川弘太郎

　昭和二十八年中央大学法学部に入学した私は、二人の親友を得た。多くの学生は司法試験を目指し、裁判官や弁護士になるものが多かったが、私たちは違った。その二人が、桜井滋人と新谷行だった。三人とも詩人志望だった。

　私たちはおろおろグループと名乗り、早稲田の学生佐藤君や画家で吉祥寺でサンドイッチマンをしている有吉君などとグループを作り、文学や画を論じ、酒に狂って遊び暮らしていた。そのうち酔狂にも「詩域」という同人雑誌をデッチ上げ、共通に尊敬する金子光晴に一文を書いてもらったりした。

　三十二年に大学を卒業すると、桜井滋人はチェース・マンハッタン銀行というアメリカの銀行に就職、立川基地に勤務した。新谷行は、確か河出書房の編集部に籍をおくことになったような憶えがある。映画のプロデューサーになりたいと願っていた私は日活という映画会社に入社したが、希望する製作部門には廻されず、興行部門の配属になった。そして、上野日活、新宿の今の丸井の場所にあった新宿日活の四、五階にあるフランスを主とする名画を上映していた日活名画座という、オカマが多く出入りしたが、いつも立見まで満員の映画館に廻され、自分で番組を組んだ。一年ほど経つと大阪の梅田日活シネマに転勤になり、また一年ほどすると、四国の予讃線の終着駅にある宇和島日活の支配人に任命された。

　石原裕次郎や小林旭の全盛期で日活の黄金時代だといってよかろう。仕事は楽で面白かったが、製作部とは違う。私はやめたいと思っていた。

　そんな宇和島へ、ひょっこり桜井滋人が遊びにきた。

三年ぶりぐらいの出逢いがうれしく、李白《りはく》や（在原《ありはら》業平《なりひら》、それに若年時の光晴の放蕩《ほうとう》無頼の遊びには及びもつかなかったろうが、四国の終着駅なりの紅灯《こうとう》の巷《ちまた》をほっつき歩く楽しい半月ほどのときを過ごしたことだった。桜井は銀行生活はすでにいや気がさしていたらしく、適当なことを言って休んでいたのだろうが、彼はすでに結婚していて、妻子もいた。だが、遅かれ早かれ銀行はやめるつもりだったろう。

私も一年余の支配人生活を最後に昭和三十七年日活をやめ、東京へ帰ったが、桜井も職場で何かあったらしく、三十九年には銀行をやめた。私はある親友が興した会社に職を得たが、それを機に金子光晴に惚れていたので遊びに行き弟子になった。前後して桜井や新谷行も、それぞれ金子光晴の弟子になっていた。

それからの桜井は、いつも大きな鞄をかかえて遊びまわり飲みまわり、新宿あたりでおごってくれていたが、何を仕事にしているのか絶対言わなかった。まだ憶えているのは新宿の陽子という女性の営む「カヌー」というバーがあったが、そこには、当時羽ぶりをきかせていた詩人たちが出入りしていた。彼らにタテつくことも楽しみのひとつだった。私は会わなかったが、桜井の友人の一人に沖縄出身で、いまでは「うらそえ文藝」を主宰している星雅彦もいたと聞いた。桜井も新谷も私も、詩にのめりこんでいたから、金子光晴を主にして詩誌を興そうかと三人揃って光晴のところへ行き、誘ってみた。すると、光晴もそんな気になっていたらしく、東中野の喫茶店まで出かけて行き、私たちより年上の光晴の弟子松本亮も呼び彼を編集長格にすえ、「あいなめ」という隔月刊の詩誌を刊行することにした。その実務はすべて松本亮がとりしきった。

桜井は、女によくもてるタイプで、妻子持ちの身ながら松崎日出子という女性の高円寺の家にころがりこんで同棲、そこでも子供ができた。私も高円寺に住んでいたから毎日往き来して、遊びまわった。

昭和三十九年桜井は詩集『女ごころの唄』（あいなめ会）を刊行、私が紹介した新宿のレストランで金子光晴も出席した出版記念会をやった。その会の終わりごろ、会場が急にざわめき出し、何故か主人公の桜井が姿を消した。翌日か翌々日の新聞の三面には、桜井の顔写真がデカデカと載った。闇《やみ》ドル容疑者の手配記事とともに――。桜井の持ち歩いていた鞄の中には、闇ドルがつまっていたに違いない。

二、三日すると桜井から電話がきた。鎌倉に別荘を借りて逃げているが、退屈だから遊びに来いというのだ。一升瓶《びん》ぶらさげて行き、一夜大騒ぎをした。それからは、ちょくちょく新宿あたりへ出てきて鎌倉へ帰ってゆくような生活をしていたが、それにも限度が来たのだろう。自首して出て、しばらくの間牢獄で臭い飯を食った。

牢獄を出てある日、呼ばれて東中野あたりにあるアパートを訪ねると、また新しい女と同棲しているようだった。闇ドルの儲けはスッカンピンになっていたのは当然だが、女はバー勤めをしているらしい女で、やさしい顔立ちをしていた。女が酒を買いにでも出たときだったか、桜井はぼそっと言った。

「いま、時代小説書いて食おうかと思ってんだが、うまくいかなかったら、おれは陋巷《ろうこう》で窮死することになるかもしれんな」

私はシュンとしたが、桜井の机の上には肥後《ひご》の守《かみ》できれいに切り揃えた4Bの鉛筆が数十本と、原稿用紙の束があった。それは本当の話で、一、二年後位には『春情夜鷹舟』（双葉社）、『秘色忍法帖』（双葉社）、『由比正雪』（産報）などが続けざまに世に出た。いずれも好評で、時代小説の大家になるかもしれぬと思った。

そのしばらく前からあいなめ叢書という詩のシリーズが刊行され始め、その一冊で、桜井滋人の『人情ばなし』（あいなめ会）が刊行された。このころ桜井はしょっちゅう金子光晴のところへ遊びに行っており、この本の末尾には「対談　金子光晴・桜井滋人」という十頁ほどの対話が載っており、巻末に掲載したからお読みいただければ、金子が桜井にどれほど愛されていたか分かるはずである。

余談をつけ加えるが、この本と同じころ、私も『ゲンゲ沢地の歌』を同叢書から刊行しており、巻末には光晴が、かなり高い評価を与える跋文を書いてくれている。私はこれを数十冊あちこちに送ったが、いわゆる現代詩人でまかり通る人々からはあまりよい反響はなく、むしろ時流から少し外れた人からの励ましの手紙をかなりいただいた。そのなかに高名な小説家吉行淳之介の手紙があった。それには、私の詩集は非常に面白く、同じころ桜井滋人から届いた『人情ばなし』という詩集にも大変興味をもった。会うことがあったらよろしく伝えておいてください、と書いてあった。

　そのしばらく後のことである。吉行淳之介は「週刊読売」に、「吉行淳之介の頁」という数頁の欄をもつことになったが、ある夜酔っぱらって家に帰ると、妻から「吉行淳之介さんから、今夜は徹夜しているから是非連絡してほしいという電話があったわよ」と聞かされた。電話すると、「『ゲンゲ沢地の歌』は非常に面白かった。「週刊読売」の、私の頁に載せたいが、どうですか」と言う。うれしくなったが、ハイハイと二ツ返事するのもイマイマしくて、約十秒ほど考えるフリをしてから、「結構です。よろしくお願いします」と返事した。その頁は結構長い間続いて、それには、私の詩と桜井の詩が何篇か載ることになった。それから後、佐藤嘉尚という大光社という出版社の編集者が独立して「面白半分」という月刊誌を発刊することになり、六か月ごとに編集長を変えて初代に吉行、次いで開高健、野坂昭如、金子光晴などがその位置に就くことになったが、それにも、桜井と私の詩が何篇も載ることになった。

　一方で桜井は金子光晴にたいへん可愛がられるようになってゆき、まだ大光社にいたころの佐藤が企画した「語りおろしシリーズ」の一冊に『人非人伝《にんぴにんでん》』という金子光晴が語る話を記録する担当者に起用されることになり、その本が昭和四十六年世に出た。これは光晴の話を忠実に（桜井の文体でだが）記録した本だった。光晴は、桜井を人間的に自分と同じ性格を持った人間と認めていたので、詩についてもセックス経験についても正直に語ったものである。桜井が闇ドル事件でパクられたことがあることも知っている光晴は、この本の中で年少時から自分もやったことがある、ユスリ、タカリ、カッパライ、各種の情事にいたるまで、アケスケにぶちまけてしゃべりまくった。だから、面白い本になったのは当然だったのだが、世間的には、金子は反戦詩人としてまかり通っていたため、桜井が光晴のことを勝手に面白半分にしゃべったことにしていると非難する論者が多く、この本を信用するなという風潮がおこり、桜井は世の大きな非難を浴びることになった。金子の「面白半分」誌に載った語りおろし頁をまとめた昭和四十九年刊の『衆妙《しゅうみょう》の門《もん》』（講談社）も、同じく「週刊ポスト」連載の昭和五十年刊の『金花黒薔薇艸紙《きんかくろばらぞうし》』（集英社）にしても、特にそのスケべ話はほとんど、桜井のデッチアゲだと非難されることになっていった。私や桜井の盟友だった新谷行さえ、硬派のためかあけすけに桜井に批判の矢を投げかけ桜井と交わりを断った。そのしばらく後、新谷は難病にかかり、四十七歳で惜しくもその生を終えたが――。もっとも、実際『金花黒薔薇艸紙』で桜井は、第十一話の「ストリップ人生」以後の部分は、自分のデッチアゲだと、後に正直に書いている。十話までは光晴が、その義母との相姦を他人に仮託して語った非常に重要な部分であり、その後は八十歳近い光晴の体力の関係もあり桜井にすべてをまかせたのだ。

いずれにせよ『人非人伝』以後の三冊の桜井に託した語りおろしシリーズと、光晴自身が中央公論などに連載、発売した『どくろ杯』、『ねむれ巴里』、『西ひがし』、『鳥は巣に』の自伝小説四部作などによって、光晴の人気はうなぎ昇りになり、詩人としては空前絶後の人気者として昭和五十年八十歳で世を去った。しかし、この人気があってこそ、死後に出た光晴の全集（中央公論社）十五巻は、高価ながら各一万部以上という詩人としては空前の売上げになったのだと思う。

桜井自身が書くように、デッチアゲの部分はたしかにあったろうが、少なくとも『人非人伝』は、大岡昇平の『戦争』、吉行淳之介の『生と性』などと同シリーズとして刊行されたものであり、桜井の勝手な創作ではないことは、はっきりと言っておかねばなるまい。

　ただ、私と桜井の妻道子がこの本でとりあげた桜井による光晴の聞き語りは、いくらか内容の順序が前後するようなことはあるにせよ、光晴の話を十分にふまえたものである。

　光晴にはマジメな弟子は多かったが、桜井ほどに心を開いてエロ話まで混じえて気楽に話せる弟子は他にいなかったと、私には思える。桜井にとっても、そんな光晴がすばらしく魅力的な、というよりほとんど血肉を分けた、父や祖父や兄貴のような男に感じられていたはずだ。

　それは『金花黒薔薇艸紙』の最終話「さびしいなぁ、先生よ」という桜井自身の語りのなかでもはっきり書いている。「この人を、抵抗詩人、反戦詩人と、人はいう。しかし、それは（中略）金子光晴という巨人の一面にしかすぎない。（中略）この巨人を、人が、本当に理解するには、まだ、多くの年月が必要だろう。金子光晴という人は、一面から刃を入れて、こう切れば、はらわたまで見えるという人ではなかった。」と——。これらの語りおろしシリーズがいま再刊されていないのが、私には残念でならない。

　金子光晴は今でも論者の多くは、彼を主として反戦詩人として認めている。今私の手元にある清岡卓行編の岩波文庫『金子光晴詩集』でも、彼の反戦詩の代表的詩集『鮫』だけは、わざわざ〔全〕として全篇をかかげ、その他の詩集からは清岡の気に入ったものを採録しているし、他の光晴選詩集でも同じようなことが行われている。しかし、光晴自身は昭和三十年刊行の詩集『非情』の序でこう書いている。

「……正直なところ、僕は迷っているのだ。この詩集は、僕のみちくさのように見えるかもしれないが、よく読んでもらへば、人間とのかかりあひについて、どんな剣呑な状態にさしかゝってゐるかわかってもらへるとおもふ。……」

　論者の多くは『非情』を認めない。しかしこの詩集には、反戦詩にも匹敵するほどの傑作「海」や、「葦」の二篇のような傑作がある。そして昭和四十三年刊の『愛情69』のようなセクシャルな詩を集めた詩集の中にも、例えば「愛情69」のように愛欲の極地のようなすごい作品が含まれている。

私は平成二十一年に刊行した『狂骨の詩人　金子光晴』（現代書館）のなかで、ほかの論者もほとんど触れていない、反戦詩以外にも金子は性をテーマとする、生涯を賭けたような傑作を残していることを力説したから、是非お読みいただきたい。桜井と交わしたエロ話が、決して読者へのサービスなどではないことを判ってもらいたいからだ。そういう部分がまったくないとは言えないのだが……。

本稿は金子光晴のために書いたものではないのだから、今度は桜井の詩について語ることにしよう。

昭和三十年刊の『女ごころの唄』は、桜井の初々しい部分が現れている詩集といっていいだろうが、昭和四十四年刊の『人情ばなし』は、桜井の詩の代表的なものがすべて出ている作品集だと言えよう。

例えば、巻末対談で金子光晴が絶賛している「死んだ男たちの空」。その末尾にはこんな一節がある。

死んだ男たちは今日も空に腰かけている。
透明な頭蓋は冷たい陽に向かってふくらみ、肌にしみるやさしい風にあわせて、死んだ男たちは歌う。
……………
ペニスミガイテ
オゼゼヲカゾエ
コドモカツイデオソソニツカエ
オトコイチダイハネテラレナイ
　ヒャラホ、ヒャララホ
イッヒッヒ………。

「昼の月」の、これも終わりの一節。これは闇ドル事件で自首して出る前に書いた詩の形をとっている。

〝おまえ、いい男ができたら嫁にゆけ〟

と女にいうと

〃マッタク、ショウガナイボウヤヂャ。アンタハナ、オンナノキモチガワカルマデ、マダ十年ハカカルヂャロ。ソノウチウナギデモ差シイレテヤルッチニ〃

と手を伸ばし、男の首っ玉を力いっぱいつかんだ。オリンピックを終えたばかりの体育館の上にうすらぼんやりと昼の月がかかっていた。

これも「雪の日」の終わりの一節。

ああ、人生は短いのである。

〃生きているうちはいい気になれよ、な、かあちゃんよ〃

男はうすよごれた指で女の腹をなでるのである。女は、膝を伸ばしたり、曲げてみたりして、

〃ネエ、アンタァ、オミズガイッパイデチャッタワ、ホレ、デチャッタワ〃

と男の指を誘うのであった。

寒くもあったかくもない雪の日である。

どうですか読者の方々、こんな詩、おもしろくありませんか。すばらしいとは思いませんか。

これは、いわゆる現代詩とは隔絶した舞台で書かれた詩だといえよう。しかし、極悪犯罪者詩人フランソワ・ヴィヨンや、墓場に群れ飛ぶ蛍のことを書き、二十代であの世に去った中国でただ一人鬼才と称された李賀《りが》——中国では鬼は死者を差す言葉で、李賀のほかにはそんな詩を書いた者はいない——の詩を受け容《い》れたフランスや中国の詩壇のように、こんな異端の詩を認めてこそ、日本の詩の領域も広まるのではないか。光晴は、一見してそれを見抜いたはずだ。

もうひとつつけ加えれば、これは、萬葉集の東歌《あずまうた》の系統にも連なる詩ではないか、と私は考えている。哀切でもあり、ユーモラスでもあるところもその傍証になるだろう。萬葉集は大伴家持によって編まれた詩集だが、家持のような目利《き》きは、現代詩人のなかには一人もいな

いのか。

　これらの詩は、桜井が闇ドル事件で長いこと鎌倉くんだりまで逃亡し、バーの女性と暮らすうち自首する気になり、ブタ箱ぐらしを経験、光晴という詩人に心底気に入られその家にしょっちゅう通いつめながら書いた詩群である。

　巻末対談で言っているように、いわゆる現代詩の詩集が山ほど送られてきてもほとんど読む気がしないとまで言い切っている光晴が、本当に気に入った詩なのである。『狂骨の詩人　金子光晴』で私が書いたように、光晴は、岩波書店から出ていた雑誌「文学」（昭和四十年三月号）では、萩原朔太郎の作品と並べ、萩原よりずっと清潔だとまで書いているほどの作品なのだ。

　ただ金子光晴は、当時流行していた「荒地」や「列島」その他当時の詩人たちを一人も認めなかったが、自分の弟子たちを詩壇に押し出すことも一切しなかった。新谷行、上杉浩子、暮尾淳、金子秀夫、鈴木勝好、松本亮、河邨文一郎、原満三寿、天彦五男、星雅彦、そして金子の弟子であり桜井の信奉者でもあったが、ある日突然四十歳ほどで日本から姿を消した高原一佳や私などの詩、堀木正路の散文などについても、一切その労をとろうとはしなかった。いわゆる現代詩人が徒党を組んで横行する詩壇などに押し出してもつまらぬと考えたのかどうなのか、私には分からない。結果的に光晴の弟子でいわゆる詩壇に残った人間は今までのところ一人もいないらしいのである。

　これは奇妙なことではないだろうか。なお暮尾淳と私は、これと同シリーズから詩集を出しているから、気まぐれな読者がおられたらお読みいただきたい。

　私や桜井の親友で、北海道の留萌出身の新谷行も、あいなめ叢書で『水平線』『シララの歌』を出し、やがて自分の中にもその血が流れていると言っていたアイヌ民族問題を提起し、『シャクシャインの歌』、『ノッカマプの丘に火燃えよ』という長篇詩を世に問い、同じころに『アイヌ民族抵抗史』（三一書房）というベストセラーになったエッセイを書き、札幌かどこかに建っていたシャクシャインの銅像か何かをブチこわし、桜井同様新聞にも大きく手配写真が載ったこともあるが、その詩も、一部の論者には絶讃されたが、今日に至るまで認められてはいない。新谷は惜しいことに、四十七歳で夭折《ようせつ》したが。

今日詩壇で認められているのは、いわゆる現代詩人たちだけで、私もたまたま本屋で立ち読みぐらいはするが、机に座って外国の詩のお勉強などをしながらひねり出したような詩や、高校生の朗読会にふさわしい程度のうすっぺらな詩ばかりがまかり通っているようだ。

こんなことでいいのか!?　私は知らぬ。しかし、やがては現代詩などというものが、消えてゆく日が来るのではないかと思うだけだ。

なお、桜井滋人の問題に一言つけ加えておく。『人情ばなし』によく出て来るバーのマダムのような人はいつしか桜井の身辺からは消えて、桜井は平成二年詩人仲間の河野道子という若い美人と結婚した。桜井道子は、陋巷に窮死するかもしれぬなどと言っていた桜井をよく支え、平成七年パーキンソン病になった彼を助け、小説『恋兎《こいうさぎ》　令子《れいこ》と金子光晴』（日本文芸社）を刊行させた。この作品はすばらしい傑作で、「週刊ポスト」は書評欄の一頁目に大きくとりあげたが、それきりで、あまり評判にはならなかった。彼の病状は徐々に悪化し平成二十年に逝去するまで道子は至れり尽くせりの面倒を見た十数歳下の賢夫人で、この書も彼女と、彼女を助けた私の編集で世に出るようになったのである。桜井の友人の一人として、心底から感謝する。

なお、ここではとりあげられなかったが、桜井は金子の晩年の女の一人を書いた小説『最後の女』（草風社）と、金子の生涯を論じ、義母須美との乱倫をも真正面から語ったエッセイ『風狂の人　金子光晴』（大陸書房）という二作で、大よそ彼の光晴像を描ききった。これも河野道子の援助あってのものと思うが、是非ご一読を願っておく。

末尾ながら、桜井滋人よ、私たちも遠からずそちらへ行く。金子光晴を囲んで、新谷行とも握手をし、流行歌の名人松浦勝久や仲の良かった堀木正路、暮尾淳、小川直邦、星雅彦、天彦五男、鈴木勝好、佐藤嘉尚などの友人たちと酒席をともにしながら、昔のように酔っぱらって、

〝涙ぐんでる上海の
夢の四馬路《すまろ》の街の灯《ひ》……〟

など、ディック・ミネが唄った「上海ブルース」や「カスバの女」などのはやり歌などうなりながら、楽しいときを過ごそうじゃないか!!

書き遺してしまったことがひとつある。私の著書『狂骨の詩人　金子光晴』のなかで、私はこう書いた。

……………

ただ私が非常に無念に思うのは、本文中にも記した森三千代が「上肉を惜しげもなくひとにふるまった」とかなり後に光晴が書いたその実情を桜井が細かに聞きながら、その上光晴にその死後二十年位後の発表をしっかりと託されながらついにそれを書き遺すこともなく平成二十年に逝ってしまったことだ。光晴はその著作（特に自伝小説『ねむれ　巴里』）のなかで（パリでの）三千代の情事をすべて書き遺したかったようだが、当時三千代は生きていたし、子息夫婦に迷惑をかけることを考え、自伝（小説）四部作のなかにもそれを記すことをしなかった。桜井は、その最後の傑作『恋兎　令子と金子光晴』を書き終わるころ、パーキンソン病を患いペンを持つことができなくなってしまった。それ故、三千代の情事のすべて、特にパリでの情事を（二十年位後）書き遺してくれと頼まれながらもそれを果たさず逝ってしまったのだ。桜井はその病になってからはしゃべることもあまりできなくなり、私も時々見舞いながらも、ついに三千代のことを聞くことを断念せざるをえなかったのは悔やんでも悔やみきれない。

……

ておく。

ここに、私はその事実をはっきりと記しておくことにする。詳細を知りたい方は、私の著書をお読みいただきたい。

桜井よ、私がそちらに行ったら、その辺のこともいろいろ聞かせてくれよな！

平成二十七年五月

追記

私は最近、現代の詩人を代表するらしい谷川俊太郎と、このところとりあげられることの多くなった茨木のり子の詩集を読んでみた。しかしそれらの詩集のなかには、金子光晴の詩に逼《せま》る力量は感じられず、桜井滋人の詩の、おのれの姿をさらけ出したような迫力もないように思われた。私は年老いて広く現代詩を読む気力もない人間なので、捨てゼリフのようだが、一言それだけを書きつけ

『桜井滋人詩集』ができるまで

桜井道子

桜井が亡くなって七年が過ぎた。桜井が座り続けた机に並ぶ写真や位牌、りん、香炉など仏具の前に立ち、手を合わせるのが習慣になってはいたが、世間並みの法要はしてこなかった。

桜井の没後、友人たちが声をかけてくれたとき、外で食事をしながらするおしゃべりは楽しく、どんなに勇気づけられたかしれない。もしかすると、同じ思い出ばなしでも、桜井の写真の前ではしたくなかったのか。

そんななか、竹川さんから「土曜美術社から桜井の本を出さないか」という提案があった。桜井の作品を遺しておきたい、という気持ちは持ち続けていたが、なにも動かないまま、時間は過ぎていたのだった。

最初に考えたのは、詩作品を中心にまとめた本。二冊の詩集と、「あいなめ」をはじめとする同人誌、月刊誌などに発表した詩やエッセイなどをコピーしたファイルを作った。ところが、竹川さんからは「詩は詩集二冊、『女ごころの唄』と『人情ばなし』だけにして、散文は金子先生にまつわる聞き書きシリーズや小説を収録しよう」といわれた。

わたしには作品の評価などできはしない。ただ、二つの詩集を読み、そこに寄せられた序文と対談を読むと、金子先生は桜井の詩の本質を見抜き、桜井の進む道を示してくださったと思える。

『女ごころの唄』の出版記念会を閉会近く途中で逃げ出した話は、わたしも桜井から聞いていた。『女ごころの唄』の評価が自分の思いと違ったのだろう、手元に残った本をどこかの川にまとめて捨てた、とも言っていた。その姿は、金子先生の序文にある「蜘蛛の糸にじぶんでからみついてばたばたやっている蝶のよう」に見えるという表現に繋がっているかもしれない。また、二冊目の詩集『人情ばなし』の巻頭に収めた「死んだ男たちの空」も、同じ序文にある「女のなかにじぶんの心ばかりか、じぶんのからだをさがさなければならないいたみを、この作者はしるにちがいない」という言葉にこたえたかのように生まれた作品なのでは、と感じてしまうのは強引すぎるだろうか。

　金子先生は弟子を持たなかったお方とも言われるが、桜井にとって金子光晴は「師」そのものであり、桜井の感性をそのまま受け入れてくださったかけがえのない理解者であろう。

　自宅に遺された『人情ばなし』には、いつごろかは分からないが、エンピツでいくつかの修正が行われていた。また、雑誌「面白半分」に再録された作品にも書き換えている箇所があった。この本では、そのエンピツや書き換えをできるだけ生かして収録したので、詩集『人情ばなし』と異なる部分があることをここにお断りさせていただく。

　金子先生と親しくさせていただくなかでうまれた二人の交情を土台に、聞き書きシリーズが始まった。反戦詩人金子光晴を「すけべのおもしろおじさん」にしてしまったこのシリーズの真実のねらいは、金子先生と桜井しか知らない部分もあろうが、金子先生と、金子先生が愛してくれた桜井が生み出した作品のようにも思われる。

　金子先生の没後、桜井は翻訳仕事などをこなしながら金子光晴の本を三冊書いている。本書に収録したエッセイ『風狂の人　金子光晴』には、聞き書きシリーズが原因で訣別した親友新谷行との話もある。そして最後の仕事は、小説『恋兎　令子と金子光晴』だ。身を削ってでも書きたかったのは、こんな「優しい鬼」金子光晴の姿ではなかったか。

　今回、本書を出すにあたって、金子先生の原稿を掲載したく、その亡きご長男、乾氏の奥さん森登子氏にはじめて連絡させていただいた。突然だったにもかかわらず快諾をいただき、吉祥寺でお会いする機会まで設けてくださった。美味しいお食事をいただきながらの話は楽しく、またたく間に時間はすぎていった。そして、金子家の方々が桜井を受け入れ支えてくださっていたことが伝わってきた。この紙面をかりて深くお礼を申し上げたい。

最後になったが、本書がまとめられたのは、ひとえに生前はもちろん、桜井が亡くなってからも公私にわたって桜井のことを大切に思いつづけてくれている竹川弘太郎の尽力のおかげである。詩作品とともに、金子光晴に関する作品を、詩人桜井滋人の仕事としてここに遺せたことをたいへん嬉しく思う。

桜井滋人年譜

一九三三（昭和8）年　埼玉県に生まれる。本名櫻井茂。父正則、母ヲキ。姉二人、弟二人。

一九四〇（昭和15）年　児玉尋常小学校入学。

一九四六（昭和21）年　児玉中学校入学。

一九四九（昭和24）年　児玉高等学校入学。

一九五三（昭和28）年　中央大学法学部入学。竹川弘太郎、新谷行と親交を結ぶ。

一九五五（昭和30）年　結核を発病。

一九五七（昭和32）年　中央大学法学部卒業。

チェース・マンハッタン銀行入社。小説「死んだ男たちの空」は、この頃の米軍基地内の銀行を舞台にした作品。

一九五九（昭和34）年　田中保子と結婚。長男遊（六〇）、長女あんな（六二）、二男孝至（六四）に恵まれる。

一九六四（昭和39）年　チェース・マンハッタン銀行退職。週刊誌記者、アンカー、業界紙の発刊など、文筆業で生計を立てる。

金子光晴のもとで隔月刊詩誌「あいなめ」創刊。創刊号には金子光晴、大本明彦、金子秀夫、竹久明子、天彦五男、加清あつむ（のちの暮尾淳）、新谷行、竹川弘太郎、宮崎譲、河邨文一郎、松本亮、石津富雄、桜井滋人が参加。

あいなめ叢書・詩集『女ごころの唄』刊行。

この頃、松崎日出子と同居。

一九六九（昭和44）年　娘京子を授かる。

あいなめ叢書・詩集『人情ばなし』刊行。

一九七〇（昭和45）年　時代小説『春情　夜鷹舟』（双葉社）刊行。

一九七一（昭和46）年　時代小説『秘色忍法帖』（双葉社）刊行。

金子光晴聞き書き『人非人伝』（大光社）刊行。

一九七三（昭和47）年　時代小説『由比正雪』（産報）刊行。

一九七四（昭和49）年　金子光晴聞き書き『衆妙の門』（講談社）刊行。

一九七五（昭和50）年　金子光晴亡くなる（享年80歳）

金子光晴聞き書き『金花黒薔薇艸紙』（集英社）刊行。

一九七八（昭和53）年　復刊「あいなめ」創刊。桜井が題字を書く。

小説『最後の女』（草風社）刊行。

翻訳『海外推理傑作選・松本清張選』（集英社）刊行。

一九七九（昭和54）年　小説「死んだ男たちの空」（「面白半分」に連載開始〜八〇年一〇月）。

一九八二（昭和57）年　エッセイ『風狂の人　金子光晴』（大陸書房）刊行。

一九八三（昭和58）年　翻訳『ウインター・ローズ』（集英社文庫）刊行。

一九八八（昭和63）年　田中保子と離婚。

一九八九（平成1）年　時代小説『石川五右衛門』（廣済堂文庫）刊行。

時代小説『魔剣・新選組』（廣済堂文庫）刊行
一九九〇（平成2）年　河野道子と結婚。

時代小説『血録新選組』（廣済堂文庫）刊行。

一九九五（平成7）年　パーキンソン病を発病・入院。

小説『恋兎　令子と金子光晴』（日本文芸社）刊行。

一九九六（平成8）年　退院後自宅療養。

二〇〇七（平成19）年　嚥下障害による肺炎などで入退院を繰り返すようになる。

二〇〇八（平成20）年　六月入院。

九月九日、結核の治療後退院するが、十八日再入院。

九月二十一日死去（享年75歳）。

付録

詩集『女ごころの唄』

序

なぜ、神さまは男をつくり、男の肋骨一本ぬいて女をつくるような、ややこしいことをしたのか。なぜ人間にナルシスや、スノーブのような、こんがらかった情念や、小ましな性能を賦与しながら、狆ころや、種馬とおなじように、うさんな場所に、性器をくっつけたままで、仕あがりにしてしまったのか。

　おかげで、蜘蛛の糸にじぶんでからみついてばたばたやってる蝶のような詩人桜井君をつくることになってしまった。この詩集の詩をつくったような詩人は、神さまが女をつくり、男のじぶんをつくったことに、絶望しながらも、感謝せねばいられないだろう。

　みかんの袋のようにあたたかく、なかれる歌のみなもとをたづねながら神と人間とのむじゅんと、なれあいのひまに、彼は、じぶんの涙で鼠をかくようないたいけなしごとに没頭する。詩をかくなどということは、もっともかなしいことだ。女がじぶんの肋骨であるために、所詮は、女のなかにじぶんの心ばかりか、じぶんのからだをさがさなければならないいたみを、この作者はしるにちがいないし、そのことで、そらぞらしい世間の詩を、しだいに追いはらって葛西太郎の洗い鯉のようにじぶんからすきとおって目をつぶり、さて、まないたのうえにのることであらう。

昭和三十九年　六月二十三日

金子光晴

〝女ごころの唄〟に寄せて

コーヒーなんか飲みながら桜井滋人としゃべくっているとき、ぼくはいつだって、ほとほと待ちかねているといっていい。なにを？　テーブルの上に、ふとかぶさるように肩を落としたかれが、坂口安吾ばりの眼玉で、ジロリとにらみつけてくれるその一瞬を。何故か。その一瞬は、そのかみのペテルブルグの郊外の朝霧たちこめる森のなかで、ぼやけた人影にむかって磨きあげたピストルをさしむける、落魄した貴公子の手つきのちょっとしたヴァリエーションと間髪をいれずそれにつづく一語を、決定的に約束するものだからだ。

「飲もうか」

　すでにして、かれの相貌はあふれんばかりの微笑をたたえ、わが腰はほとんど宙に浮いている。そうして、安堵の吐息をもらすのは、いつも哀しいぼくの財布だ。

「すたこら坊主のくるときにゃ、アッ、すたこらすたこら……」他愛もない古謡の一節など、おどけた調子にくちずさみながら、中央線界隈をさまよいつかれて、もう客もなくなった最後の一酒亭で、きまってかれは眼を細めて唄う。

「涙ぐんでる上海の
　夢の四馬路《すまろ》の街の灯……」

　それは、むかしむかしの流行唄《はやりうた》〝上海ブルース〟。このような夜々をぼくらが持ちはじめて、どんなにたくさんの歳月が流れ去ったことだろう。

　この詩集は、桜井滋人の青春が、東京の街々にひとしれずにこぼした詩の涙をかれ自らひろいあつめたものである。

　涙なんぞ糞くらえという御仁には、ついに無縁の世界かもしれぬ。しかし、詩の世界は限りなく広いものだと、ぼくはおもう。小説はどのように書いてもいいものだという鷗外の言葉は、そのまま詩の世界にもあてはまるはずだと、ぼくはおもう。このような考えを容れるこころの琴線にふれてゆくなにかを、この詩集は、かならずやしまいこんでいるのではないだろうか。

古代中国に、乙女ごころの可憐を唄って〝子夜呉歌〟と名づけられている詩のジャンルのあることを、読者は知っておられることだろう。ぼくは、桜井滋人の詩風を、最初期のものから、それと土壌をともにするものだとおもっていた。だが、かれには黙っていた。詩人のこころのなかで花ひらかんとしたものが、万が一、他人の無遠慮な一言によって、嵐に遭ったように散りいそぐのをおそれたためである。しかしそのおそれは、およそ十年の歳月とともに消えた。そうして、いまや、かれの詩法は、じとじとと降りしきる梅雨のなかで、かえって自在にその花弁のいろを染めかえてゆくあじさいのように、柔軟、かつ強靭だ。

むかし、人魚が、安南の海から出てきて、人家に身を寄せたが、去るときに泣いた。すると、その双の眼から真珠がぽろぽろこぼれて、皿にいっぱいになったという伝説をふまえて、李白に一篇の詩がある。その一節に、

〝相逢うて愁苦を問えば
涙は尽く日南の珠〟

桜井滋人の詩の涙が、日南、つまり安南の人魚の眼からあふれる真珠のようにかがやく日々を、読者諸氏とともに、ぼくは、まもなく持つだろう。

昭和三十九年六月十五日
偶々　郷里信州岡谷にて
竹川弘太郎

跋

この十年来、桜井の悪しき友人のひとりであったぼくには、心のいたみなしに彼の作品を読み返すことはできない。まして「女ごころの唄」が、彼の感性が徹底的に痛めつけられた時期に書かれたものであってみればなおさらのことである。

彼はつねに遠くのもの、果てしなく遠くのものをみつめる。それはむなしい幻影にすぎないのだと自分に言い聞かせながら、なおも執拗に彼の眼は遠くの街、遠くの女たちを夢見つづけているのである。

その反面、彼は現実から逃避しようなどとはいささかも考えない。ときには蝶ネクタイにカンカン帽の道化をよそおい、ときには酒の中に孤独をしずめ、ときにはほろほろと匂い残して散るおんなのさびしさを掌で受けとめながら、彼はこの巨大にふくれあがった都会のばらばらな断片のひとつひとつを、音符のように五線の上にならべ、失われたリリシズムをどこまでもとり返そうとする。

だが、この一見あまりにも新鮮と言えるほどのリズムを持った言葉の背後には、人間への、いやもっと根源的なものへの不信の精神がかくされているのである。

彼は怖しい夢を見ているのだ。その夢は今後ますます彼を人間のむなしさの底深く沈め、彼の眼はいよいよ澄んでゆくことであろう。

昭和三十九年　六月二十日

新谷　行

詩集『人情ばなし』

巻末対談

金子光晴・桜井滋人

金子　この題はなかなか考えてるね。内容にも〝人情ばなし〟って感じがよく出てる。

この詩集の魅力ってもんは具体的な点だね。わりあいきわどい表現を使ってるけど、若い詩人の使ってる感じとはちがうな。

桜井　ぼくも若いつもりなんですが……。

金子　ぢゃ、ぼくの半分ぐらいいってるか。

桜井　いやとても、先生の半分から三つか四つ引き算したころあいです。

金子　ホドがいいな。

桜井　まったくホドがいい年頃で、これでゼニでもあればもう年はとりたくない。これ、本音ですよ。ゼンガクレンみたような若さにしてくれるっていっても願い下げです。

金子　誰も若くしてやるたあ、いっちゃいない。本題に戻ろう、この詩集には抽象はぬきで生活の実感が出ているというところからいこう。作品に人生がちゃんと裏打ちされてる。これがいいとこさ。

桜井　最近の詩はヒカヒカギヤラギヤラ言葉だけがぶっちらかってる感じで、人間が顔を出してないんぢゃないすか。そういうのはカッコよくて偉そうですが、読むのが大儀です。これが相手が詩人や詩ぢゃなくて、女なら、千円もやって、

「おい、出せよ」

金子　千円で出すかね。

桜井　出したり、出さなかったり（笑い）。ところで、何か変ですね。

金子　変なことないよ。女のことといっても、言葉のもってき方なんかなかなか効果的にやってる。一番前の序詩みたいな奴ね……。

桜井　〝死んだ男たちの空〟

金子　ああそれそれ、あれは圧巻だね。女全体に婆さんを感じてるわけだろ。そういう感じ方が、ちょっと若い人にはない感じね。ああいう悲惨なユーモアが出せる詩人はたんといねえよ。

桜井　大変うすらよごれて、ひねた女ばかりで申し訳ないって、口上……。

金子　そうね、シケたのがね（笑い）。イカスのは出て来ない。どんなイカス奴でも、女ってのはシケた半面を持ってるからね。小便してたり、しゃがんでたり、こういう情景にもってかれちゃ、山本富士子だってシケちゃうがな。

桜井　実はそのものズバリでいっちゃいたいんですが、それを書くには力が足りない感じで……。

金子　まあ、相当器用に書いてる。そのうち年をとってくると、自然濃厚になってくる。

桜井　そういうことになりそうですね。

金子　うん、そうそう、どんどんやるべし。失敗してもかまわねえと思うんだ。

桜井　おだてられるとますますゲスになります。もちろん先生にほめてもらったのは今日はじめてですが……。

金子　要するに跋だとかあとがきみたいなもんはお世辞が薬味のようなもんだ。けなしたら出すことはないことになる。そんな跋文書かれたらシャッポだからね。

でも、今はお土砂かけてるつもりはないよ。そういうことはヌキにして話してるんだから……。

桜井　というわけですか。

金子　ところでね、果たしてあるかどうかは人の判断によってちがうと思うが、詩壇というところでこの詩集にどのくらいの値がつくかは八百屋の市の高低みたいなもんなんだ。だから、ちょっとぼくには何ともいえない。しかし、そんなことはどうでもいいよ。

桜井　そうすね。はじめからぼくも他人のために書いたわけぢゃなし、いくらか値がついたとしても詩ぢゃ食えない。

金子　だいたいぼくは色々な人が詩集を持ってきても読

まない。ぼくも若けりゃ読むけど、この年になって人の詩なんか読んでる時間はまずない。先が短いから貴重な時間なんだ。そこで、現詩壇のありようなんてのは皆目わからねえわけだ。しかし、日本の詩の情緒の型がいくつ通りか出来ていて、みんなそのどれかに当てはめて、漠然と詩であるとかないとか決めてるようだが、ずいぶんぞんざいなものが多いようだ。現代詩のブームなんてのは人間の下落の象徴みたいな気がしている。

桜井　ガキが風船もって歩いて、うれしがってる感じですわ。

金子　おぬしの詩が具体的だということだが、ぼくの詩の評価の上でそこのところが非常に重要なんだよ。そういった意味でおぬしの詩はシケた女との出合において、非常にリアルなものを展開してるわけなんだ。

桜井　イヒヒ。

金子　だけど、ほんとうはどうなの。シケた女ばっかり探してるわけぢゃねえだろ。

桜井　見てくれは、まあ色々ある訳ですよ。肢が長いとか肌がスベスベだとかグラマラスな女だとか、他人から見ればいい女だとか。しかしですね。そういうことぼくはあまり見てないですね。全然、見てないちゃあ、嘘になるけれど、骨だとか中味がすけて見えて来る。そっから、何か始まってく訳ですから、始末が悪い訳ですよ。

金子　それがだな、言葉は気障だが、人間探求になってるという訳だ。近代の女の美の側面・背面を表現しだしたのは絵かきでね。ロートレックとかフェリシアン・ロップスとか。ロートレックが見ているのはみんな疲れた奴ばっかりで、ロップスの見ているのは女の脂くさいところだ。彼はベルギー人でボードレールと深い交友があった。油では『アブサンをのむ女』がある。版画もおもしろい。春画なんかもなかなかの腕前で、『お猿ののぞき』『悪魔との宙吊りの性交』なんかがある。

桜井　日本人はサワリが好きなんですね。あっちへいってもサワリのところばかり持って帰って来る。それでサワリをこねまわして新しいサワリをこしらえようてんですから、かなわない。〝人間のことは書かなくてもいいんすかね〟って悪たれたくなりますよ。ひとくちに人間といっても大変なもんでしょうが……。

金子　まあ、英雄は英雄を知り、おかまはおかまを知るみたいなもので、シケた人間同士でおぬしもここへ遊びに来るようになったんかも知れない。

桜井　いくつになっても人間臭いですからね、先生は。

金子　人間臭いよりヘノコ臭いかも知れない。ぼくも昔はくずれていたから……。

桜井　今でもたいしてまともぢゃないですがね。

金子　誰がかね。

桜井　先生がですよ。

金子　ぼくは今は改心してまともだよ、ウハハ。

桜井　毎日坐ってばかりいるから、まともでないのは頭の中だけってことになりますからね。

金子　まともでなかった時代が長かったからかな。四十になるまではまともではあり得なかった。ところが、日本へ帰ってきたらまともでない奴は非常に圧迫されるわけなんだ。生きてゆけないので、まとものまねをしているうちにそのようになってきた。

桜井　今でもそうですよ。まともでなければ食えません。

金子　まあ、そんなもんだろう。だからね、せいぜいおぬしもまともな顔してなくちゃいけない。

桜井　まともな顔してみせただけでうまくいったんですか。

金子　元来ぼくはそういうことがうまいんだねえ、まんちゃくが。

桜井　ここでほんとうのこといっちまったんぢゃ、何だこの野郎ということになりますよ。イヒッ、イヒッ。

金子　ところがそうでない。実際妙なもんでね。このごろではくすぐったいことだが、先生ということになっちゃったよ。おかしいだろ。

桜井　おかしかないですよ。最近のマスコミのまわりには先生がウヨウヨしてます。芸もちょうちんもねえようなのが先生でまかり通って、バーなんかへ行けば先生ってのが行列つくってますからね。おまけにそいつら先生なんていわれてニコーッ、ニコーッてヤニ下がってます。

それにくらべたら先生なんか、中味がちがってます。とにかく年も七十四だし。

金子　こんどで五だよ。

桜井　それぢゃ先生っていわれたってしようがねえ。

金子　先に生まれてるからね。ウハハ。まあ、何とかしてミッチャンとか何とかいってやって欲しいんだけど、相手があんまり若いから、いいにくいらしい。

桜井　ところでホンですが、あまりこぎたいないことばかり書いてるって気はしませんでしたか。

金子　いや、読んでみて、逆に非常に清潔だよ。これがきたねえんなら、人間のほかのことはもっときたねえや。どっちかというと、非常にきれいで、中学生高校生に読ませてもいい純情な詩だ。

桜井　イヒヒヒ。

（おわり）

新・日本現代詩文庫　126　桜井滋人《さくらいしげと》詩集

発　行　二〇一五年十二月十日　初版

著　者　桜井滋人
装　幀　森本良成
発行者　高木祐子
発行所　土曜美術社出版販売
〒162-0813　東京都新宿区東五軒町三―一〇
電　話　〇三―五二二九―〇七三〇
FAX　〇三―五二二九―〇七三二
振　替　〇〇一六〇―九―七五六九〇九
印刷・製本　モリモト印刷

ISBN978-4-8120-2283-2　C0192

新・日本現代詩文庫

土曜美術社出版販売

109 郷原宏詩集　解説　荒川洋治
110 永井ますみ詩集　解説　有馬敲・石橋美紀
111 阿部堅磐詩集　解説　里中智沙・中村不二夫
112 新編石原武詩集　解説　秋谷豊・中村不二夫
113 長島三芳詩集　解説　平林敏彦・禿慶子
114 柏木恵美子詩集　解説　高山利三郎・比留間一成
115 近江正人詩集　解説　高橋英司・万里小路譲
116 名古きよえ詩集　解説　中原道夫・中村不二夫
117 新編石川逸子詩集　解説　小松弘愛・佐川亜紀
118 佐藤真里子詩集　解説　小笠原茂介
119 河井洋詩集　解説　古賀博文・永井ますみ
120 戸井みちお詩集　解説　高田太郎・野澤俊雄
121 金堀則夫詩集　解説　小野十三郎・倉橋健一
122 三好豊一郎詩集　解説　宮崎真素美・原田道子
123 古屋久昭詩集　解説　北畑光男・中村不二夫
124 佐藤正子詩集　解説　篠原憲二・佐藤夕子
125 川端進詩集　解説　中上哲夫・北川朱実
126 桜井滋人詩集　解説　竹川弘太郎・桜井道子

〈以下続刊〉

葵生川玲詩集　解説　〈未定〉
今泉協子詩集　解説　〈未定〉

1 中原道夫詩集
2 坂本明子詩集
3 高橋英司詩集
4 前原正治詩集
5 三田洋詩集
6 本多寿詩集
7 小島禄琅詩集
8 新編菊田守詩集
9 出海溪也詩集
10 柴崎聰詩集
11 相馬大詩集
12 桜井哲夫詩集
13 新編島田陽子詩集
14 新編真壁仁詩集
15 南邦和詩集
16 星雅彦詩集
17 井之川巨詩集
18 新々木島始詩集
19 小川アンナ詩集
20 新編井口克己詩集
21 新編滝口雅子詩集
22 谷 敬詩集
23 福井久子詩集
24 森ちふく詩集
25 しま・ようこ詩集
26 腰原哲朗詩集
27 金光洋一郎詩集
28 松田幸雄詩集
29 谷口謙詩集
30 和田文雄詩集
31 新編高田敏子詩集
32 皆木信昭詩集
33 千葉龍詩集
34 新編佐久間隆史詩集
35 長津功三良詩集
36 鈴木亨詩集
37 埋田昇二詩集
38 川村慶子詩集
39 新編大井康暢詩集
40 米田栄作詩集
41 池田瑛子詩集
42 遠藤恒吉詩集
43 五喜田正巳詩集
44 森常治詩集
45 和田英子詩集
46 伊勢田史郎詩集
47 鈴木満詩集
48 曽根ヨシ詩集
49 成田敦詩集
50 ワシオ・トシヒコ詩集
51 高田太郎詩集
52 大塚欽一詩集
53 香川紘子詩集
54 井元霧彦詩集
55 高橋次夫詩集
56 上手宰詩集
57 網谷厚子詩集
58 門田照子詩集
59 水野ひかる詩集
60 丸本明子詩集
61 村永美和子詩集
62 藤坂信子詩集
63 門林岩雄詩集
64 新編原民喜詩集
65 新編濱口國雄詩集
66 日塔聰詩集
67 武田弘子詩集
68 大石規子詩集
69 吉川仁詩集
70 尾世川正明詩集
71 岡隆夫詩集
72 野仲美弥子詩集
73 葛西冽詩集
74 只松千恵子詩集
75 鈴木哲雄詩集
76 桜井さざえ詩集
77 森野満之詩集
78 坂本つや子詩集
79 川原よしひさ詩集
80 前田新詩集
81 石黒忠詩集
82 壺阪輝代詩集
83 若山紀子詩集
84 香山雅代詩集
85 古田豊治詩集
86 福原恒雄詩集
87 黛元男詩集
88 山下静男詩集
89 赤松徳治詩集
90 梶原禮之詩集
91 前川幸雄詩集
92 なべくらますみ詩集
93 津金充詩集
94 中村泰三詩集
95 和田攻詩集
96 藤井雅人詩集
97 馬場晴世詩集
98 鈴木孝詩集
99 久宗睦子詩集
100 水野るり子詩集
101 岡三沙子詩集
102 星野元一詩集
103 清水茂詩集
104 山本美代子詩集
105 武西良和詩集
106 竹川弘太郎詩集
107 酒井力詩集
108 一色真理詩集

◆定価（本体1400円＋税）